KB181268

나는 결코 세상에 순종할 수 없다

이외수 산문집

나는 결코
세상에
순종할 수 없다

해냄

방황은 고통스러운 자만이 갖는 가장 아름다운 자유다.

차례

이제는 용서하며 지우게 하라

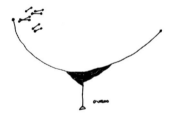

1

허망했다. 어떻게 살아야 할는지 남아 있는 시간들이 막막한 수렁처럼 느껴졌다.

차라리 속물처럼 사는 것이 나으리라는 생각, 한평생 무엇인가를 찾아 헤매어보아도 발견되어지는 것은 아무것도 없으리라는 생각, 몇 가지의 비극적인 추억과 주름살과 틀니와 노망밖에는 얻어내지 못하리라는 생각.

하지만 견디어낼 수가 있을는지. 해마다 겨울이 되면 어디론가 떠나고 싶어 안절부절못하는 그놈의 역마살을 도대체 견디어낼 수가 있을는지. 그리고 수시로 아무 여자나 그리워지고 사랑을 하고 싶어지고 그러한 뒤로는 곧 허망해져서 이게 아니라고, 인간은 이렇게 사는 게 아니라고 혼신을 불태워 무슨 작품이든지 하나 정도는 남겨야 하지 않겠느냐고 몸살을 앓기 시작하는 자신, 저 내부에 도사려 있는 광기를 어떻게 억제해 낼 수가 있을는지.

2

나는 죽어서 식물이 되리라. 초여름 논물 위를 떠돌아다니는 개구리밥, 어두운 바다 밑에서 일렁이는 초록 파래, 또는 깊은 산간 아무도 오지 않는 숲 속에서 아주 작은 풀꽃으로 피어나리라.

방황을 하면 어디에 닿으리. 고뇌하면 무엇을 얻으리. 식은 열망을 안고 가까스로 나는 여기까지 떠내려왔는데 눈을 들어 바라보면 다시 막막한 시간의 늪만 가로놓여 있을 뿐.

3

불면.

밤마다 잠이 오지 않았다. 더러는 성경책을 펴놓고 거짓말이 있나 없나 찾아보았다.

4

이 겨울에 내가 한 일은 방황 그것 한 가지뿐이었다. 새벽에도 방황하고 한낮에도 방황하고 밤중에도 방황했었다. 마치 방황과 자매결연이라도 맺은 놈처럼 방황만 했었다.

방황에서 돌아오면 암담한 내 하숙방. 어느새 연탄불은 꺼져버리고 방바닥엔 얼음물처럼 써늘한 냉기만 한 양동이 흥건하게 엎질러져 있었다. 거의 날마다였다.

도무지 잠도 오지 않았다.

옆집에서 들려오던 라디오 소리도 오래전부터 끊어져버리고, 한밤중, 사방은 쥐죽은 듯 고요한데, 이따금 벽 속을 내달아가는 한 무리의 바람소리, 커튼을 걷어내고 도시를 내다보면 도시는 폐선처럼 문을 닫고 정박해 있고, 거기 뜬 눈으로 밤을 새운 도시의 불빛이 몇 개, 바람이 불면 젖은 눈시울로 깜박거리곤 했다. 나는 깊은 겨울밤 도시의 풍경을 오래도록 바라보면서 누구에게든 편지를 쓰고 싶다는 생각을 했었다. 이제 완전히 겨울입니다. 비로소 나는 버림받은 개가 되었습니다. 곧 날이 새고 나는 다시 방황할 것입니다. 그리고 내 방황의 끝 어딘가에서 언제든 나는 미련 없이 자살해 버리고 말겠습니다……

그러나 왠지 자살해 버릴 수가 없었다. 다만 도무지 잠이 오지 않다가 가까스로 어쩌다 잠이 들면 타인에게 목 죄어 살해당하는 꿈을 꾸었다. 더러는 머리카락이 무더기로 빠져버리거나 손톱 발톱이 썩어드는 꿈도 꾸었다.

잠에서 깨어나면 아직도 캄캄한 밤, 사방은 적막하고 외로운데, 왜 그리 날은 새지 않던지, 정말 참담했었다. 그리고 또 날이 새면 도대체 어떻게 시간을 보내어야 할는지, 먹이는 어떻게 구해야만 할는지, 그저 막막하기만 했었다.

방황, 자살궁리, 방황, 자살궁리, 방황, 자살궁리……

그러나 또 한편으로는 어떻게 해서든 이 겨울을 무사히 견디어내야만 한다고 나는 몇 번이나 스스로에게 당부하곤 했었다.

아직은 춥고도 추운 겨울, 봄은 요원하기만 한 것 같았다.

봄이 되면 묵은 내의를 벗어 무릎 위에 얹어놓고 햇빛을 쬐며 이나 잡고, 디오게네스 흉내나 내며 살아볼까. 아 꽃 피는 봄이 되면……

그러나 봄은 영영 올 것 같지가 않았다.

5

　아무래도 세상은 잘못되어져 있는 것 같다. 하지만 우리가 강해지지 않으면 역시 우리도 언젠가는 세상의 똥통 속에 흡수되어 버리고 말 것이다. 나는 다시 떠나겠다. 나의 이런 방황은 현실을 버리기 위한 마지막 안간힘이다.

6

늦은 밤 카페에는 음악이 없었다.

한 여자가 흐린 조명 아래서 음악의 부스러기를 비질하고 있었다.

어둠의 바다.

정어리떼의 비늘이 희끗희끗 떠다니고 있었다.

버버리코트를 펄럭이며 한 사내가

방파제 위에 서 있었다. 여기는 바다.

그대 그리우면 돌아갈 것임.

편지 쓰고 싶었다.

허이연 바람이 밀려가고 있었다. 다시금 날이 밝고 있었다.

생손을 앓으며 뒤채인 지난밤이 하얗게 표백되고 있었다.

부두에는 목선 한 척이 정박해 있었다.

인부들이 밤의 시체를 져 나르고 있었다.

월요일.

다시 개임.

다시 빛살.

너무 멀리 떠나와 있었다.

7

아직도 우리는 더 걸어야 한다.

우리가 걸어서, 이토록 삭막한 밤을 걸어서 밤보다 더욱
더 어두운 죽음을 만나게 될는지도 모른다는 사실조차 모
르면서.

8

현기증.

나는 거리의 모든 건물들과 가로수와 길바닥이 일순 하
얗게 표백되는 듯한 혼돈을 느끼며 잠시 망연히 한자리에
서 있기만 했다.

분별력이 성질 나쁜 아낙네의 바느질 그릇에 담긴 수실
처럼 엉망으로 헝클어지고 있었다.

9

아, 우리들 욕망의 과일은 떨어지고 저 무거운 어둠 속
으로 작별하는 팔들이 쓰러지고 허무의 삼림에 겨울비 내
린다.

10

떠나야지 떠나야지 또는 버려야지 버려야지 결심만 하
고 살았던 나날이었다.

떠나보내지 않았어도 떠날 것은 절로 떠났다.

내가 버리지 않았어도 내게 있던 것들은 절로 분실되
었다.

11

음악이 없는 카페에서 우리가 찾아 헤맨 것은 분실한 우리들 심연의 목소리였다. 철저하게 건조해진 공기가 탁자 위에 내려앉고 있었다. 이상하게도 카페 안에는 아무도 없었다. 텅 빈 의자들이 무서운 공허를 받아놓고 있었다. 벽에는 브람스의 허이연 수염이 걸려 있었고 카운터에는 전화기 한 대가 놓여 있었다. 전화기는 고장이라는 쪽지를 목에 걸고 있었다. 주황색등은 희미하게 우리들 머리 위에 떠 있었다.

12

나는 죽는다…….

라고 생각하니까 잔인한 슬픔 같은 것이 복받쳐 올랐다. 평생 무엇을 하며 살아왔는가. 사랑하는 사람 하나도 없이 세상의 그늘진 담벼락 아래 앉아 나는 기아처럼 살아왔다.

13

이제 어디에도 고향은 없거니. 나이 서른이 넘고, 쓰러지기도 서른 번이 넘고 그러다 보면 고향도 없거니.

그대가 눕는 자리가 고향이고 그대가 눈뜨는 자리가 고향인 것을. 이제 다시금 고향을 생각한들 어디에 고향이 있으리. 이제 다시금 친구를 생각한들 어디에 친구가 있으리.

우리가 청명한 목소리로 한나절을 보내던 그 빈터에도 불도저의 강인한 이빨이 박히고, 박힌 뒤에 뒤집혀진 흙더미 위로 생경한 콘크리트 건물들이 들어서고 해질녘 그 밑에 우리는 그늘이 될 뿐 다시 모여 앉아 바람이 될 뿐.

정말로 우리가 사는 그늘이 모두 고향이고 우리가 만나는 바람이 모두 친구인 것을.

어디에 적이 있고 어디에 칼이 있으리. 아무 데서나 우리는 끌어안고 아무하고나 우리는 울면 되는데.

14

그 여름에 나는 술을 배웠고, 그 여름에 나는 포기를 배웠고, 그 여름에 나는 방황을 배웠다.

15

나는 지금까지 늘 혼자서만 떠돌았다. 그건 정말로 떠돌았던 것이지 여행했던 것은 아니었다. 떠돌면서 나는 항시 생각했었다. 삼등열차 차창 밖으로 복사꽃이 만개해 있는 마을이 보일 때, 또는 객지의 낯선 여인숙 선잠 속에서 추적추적 빗소리가 들릴 때, 또는 가을날 어느 산사에서 샘물처럼 시리고 맑은 하늘을 바라보며 문득 겨울을 예감할 때, 그리고 마침내 겨울이 당도해서 카랑카랑한 날씨가 계속되고 초행길에 노자마저 떨어진 상태로 주머니를 탈탈 털어서 마지막 따스한 라면 한 그릇을 마주 대할 때, 아—곁에 말벗이라도 되어줄 수 있는 여자가 있었다면 얼마나 좋겠느냐는 생각이 정말로 간절하고도 간절하기 그지없었다. 그러나 나는 지금까지 늘 혼자만 떠돌았다. 더러 여자가 생기기는 했었지만 모두들 함께 떠돌아줄 만한 입장들은 아니었다.

16

    나는 차츰 삭막한 세상이 싫어지고 삭막한 인간이 싫어지고 그들과 함께 영원히 화해할 수 없는 나 자신이 가련하다고 생각되기 시작했다. 어디를 가든 삭막한 대화, 녹슨 가슴뿐, 나는 더 이상 견디어낼 수가 없었다.

17

날마다 길을 잃어버린다.

금 간 약속을 매만지며 어디로 가랴.

밤새도록 바람만 겹겹이 눕고 있다.

18

어디로 갈까…….

저는 목적 없이 걸으면서 생각해 보았습니다. 어디로 갈까. 어디로 갈까. 그러나 마땅한 장소는 떠오르지 않았습니다.

도시는 완전히 젖어 있었습니다. 내부 깊숙이까지 축축한 빗물에 젖어 있었습니다. 시간이 무겁게 침잠해 있었습니다.

거리엔 우산들만 빗속에 둥둥 떠내려가고 있었습니다. 이 도시는 비가 내리면 모든 것이 호수 쪽으로 떠내려가는 것 같아 보입니다. 호수 연변의 둑을 끼고 줄지어 서 있는 수양버들이 젖은 머리칼을 빗어내리며 가슴을 설레고 있었습니다. 저는 이 호수 다리 난간에서 한참 동안 강물을 내려다보고 있었습니다.

수없이 빗방울이 떨어져 내리면서 수면 위에 자디잔 파

문들을 만들어내고 있었습니다. 자세히 보면 그것은 조금씩 반짝거리고 있었습니다. 마치 아주 작은 별들이 끊임없이 새로 생겨났다간 사라져버리고 다시 생겨났다간 또 사라져버리는 것 같았습니다. 사람의 탄생과 죽음도 우주적 차원에서 보면 참으로 찰나적이면서 지극히 간단한 문제가 아닐는지요.

아, 저는 정말로 산다는 일이 부질없다는 생각만 거듭되곤 합니다.

비는 아까보다 약간 기세를 죽인 듯한 느낌이 들었습니다. 거리는 희뿌연 물안개에 젖어 있었습니다.

저는 문득 술을 마시고 싶다는 생각을 했습니다. 아무도 없습니다.

세상엔 저 혼잡니다.

19

거기엔 해수욕장이 있었으므로 여름이면 수없이 많은 사람들이 몰려와서 시끌벅적 바다를 휘저어놓았었다. 그러나 내가 거기로 가보았을 때, 그 여름의 모든 것은 철수되어 있었고, 다만 매서운 바람만 쉴 새 없이 덮쳐와, 내 옷을 물어뜯고 살을 할퀴며 짐승처럼 우-우-우 울고 있었다. 나는 이미 오래전에 멸망해 버린 지구의 유일한 생존자로 거기 남아 뼈를 하나하나 끄집어내어 바다 속에 던지고 있는 기분이었다.

나는 항구 하나를 찾아 헤매고 있었다. 내 정신의 배를 정박시킬 항구 하나가 필요했기 때문이다.

20

외출했다. 특별한 볼일이 있었던 건 아니었다. 그저 외출했을 뿐이다.

21

갑자기 빗소리가 높아지고 있다. 문득 밤이 되어 있는 듯한 착각에 사로잡힌다. 나는 지금까지 홀로 어두운 밤길만 걸으면서 살아왔다는 생각이 든다. 아무런 목적도 없이 비에 젖어서 질척질척 젖은 양말로 한정 없이 걸어와 비로소 이 도시에 닿았다는 생각이 든다.

그러나 언젠가는 떠나게 될 도시. 어디로 떠나야 하는지. 떠나서는 무엇을 할 것인지, 나는 아직 모르고 있다. 이제 나는 세상살이에 지쳐 있다. 살아간다는 일이 부질없게만 생각되어진다. 자신의 힘만으로는 아무것도 이룰 수가 없다는 결론이 앞선다. 요즈음에 이르러서 나는 또 한 번 허물어지고 있다. 아무리 발버둥을 쳐보아도 세상 밖으로 밀려나고 있다.

22

쓰라리다.

살갗을 적시며 전신으로 기어오르는 겨울의 바다.

23

꼭 삼 년 만에 목욕이라는 걸 해보았었다.

나는 맑고 잔잔한 교외의 강물 속에 몸을 담그고 그동안 개떡 같은 내 청춘의 때를 벗겼다. 내 절망의 때를 벗기고, 내 외로움의 때를 벗기고, 내 빈곤의 때를 벗겼다. 벗겨지는 때의 밑바닥에는 지금까지 내가 방치해 온 내 자학의 살과 뼈가 드러나고 있었다. 그것들은 비로소 신선하게 다시 눈뜨고 있었다. 그때 내 나이 서른한 살. 열한 해를 객지에서 보낸 설움의 끝. 다시 살아나는 내 살과 뼈 속으로 강 건너 포플러 숲에서 들리는 매미 소리가 금빛으로 금빛으로 박혀오고 있었다. 아, 그리고 잠시 나는 비로소 고향으로 다시 돌아와 눈시울을 적시는 탕자의 새로됨을 절감하고 있었다.

24

방황은 고통스러운 자만이 갖는 가장 아름다운 자유다.

25

여름이 끝나는 지방 신문사 정문 앞
실삼나무 한 그루 가만히 물드는 오후
게시판에는 활자들이 죽고 다시
가난한 사람 하나가 수혈을 기다리고

퇴근 무렵 무슨 일로
이 도시 복판에 날아들었을까
나비 한 마리
나처럼 길을 잃고 헤매는데
문득 갇혀버린 목숨
푸른 풀밭에 눕고 싶어라.

26

나는 안다.

나는 안다.

온 세상은 멎어 있고

나만 떠내려가고 있다.

어느 시대 그 어떤 어둠이든
내 가슴으로 밝혀야 하는 것들

본디 모든 생명체는 육신과 정신과 영혼, 이 세 가지를 가지고 태어났으며 그것을 모두 관장하는 것이 바로 마음이니라. 깨달음을 얻어 진정한 마음의 밭을 일구어놓으면 거기다 자신에게 필요한 여러 가지 씨앗을 뿌릴 수가 있으니 그 씨앗이 싹트고 자라 열매 맺기를 기다렸다 때가 되어 거두어들이면 되는 것이니라.

지구상에 있는 모든 생명체의 육신은 지구상에서 만들어지나 정신과 영혼은 우주에서 얻은 것이로다.

끊임없이 마음을 닦아 도에 이르면 누구나 우주와의 합일감을 얻게 되고 자신이 신에게서 떨어져 나온 하나의 개체임을 알게 되노라.

2

생명 있는 모든 것들은

누가 죽여주지 않아도 스스로 죽는 법.

비록 원수라 하여도

내세를 생각하며 원한을 풀지어다.

모든 것은 반드시 죽는다는 사실

아무리 힘센 놈도 죽고

아무리 재빠른 놈도 죽고

아무리 잘난 놈도 결국은 죽는다.

공평하도다. 죽음이여.

백도 통하지 않고 돈도 통하지 않으리니.

때가 되면 누구든 데려가는도다.

그러니 한세상 사는 것도 물에 비친 뜬구름 같도다.

가슴이 있는 자 부디 그 가슴에 빗장을 채우지 말라.

살아 있을 때는 모름지기 연약한 풀꽃 하나라도
못 견디게 사랑하고 볼 일이다.

3

그대여
만약 그대 눈에 미운 것이 보이면
그대 스스로 그 속에 들어가 볼 것이로다.
덧없이 흘러가는 세월이여 꿈이여
깨달음이 없어도 좋으리니
우리에게 만물을 사랑하는 그 마음만 일깨워다오.
 오늘은 붙잡을 것 없이 흔들리나니 이것이 본래의 나는
아니로다.

4

우리가 무엇을 미워하고 무엇을 사랑하리.
보이는 모든 것이 눈물겹고 들리는 모든 것이 눈물겨워라.

5

우리가 죽게 되면 어떻게 되겠느냐.
지상에서 얻은 육신은 지상에다 되돌려주고
천상에서 얻은 정신과 영혼은
천상에다 다시 되돌려주느니라.
그렇다고 자아가 없어지느냐 하면
그렇지는 않아서 사후 또 다른 요소와 결합하여
적합한 세상으로 거듭 태어나게 되는 것이니
이러한 것을 알게 되면 눈 앞의 현실이 어찌 대수로우랴.
그러나 마음이 잡한 생각으로 가득차 있으면
우주의 진의가 들어갈 자리가 없도다.

6

물고기가 물 표면에 너무 집착하다 보면 새의 먹이가 되기 십상이고

물 가운데에 너무 집착하다 보면 수면 위에 떨어진 벌레를 놓치기 십상이며

땅바닥에 너무 집착하다 보면 흙밖에는 먹을 것이 없게 된다.

마찬가지로 인간은 육체와 정신과 영혼의 결합인데,

이 모든 것을 다스리는 기관이 곧 마음인 바

그 어느 것 하나에만 너무 집착하는 것은 옳지 않다.

육체에 너무 집착하면 정신과 영혼이 굶주리고

정신에 너무 집착하면 육체와 영혼이 굶주리며

영혼에 너무 집착하면 육체와 정신이 굶주리게 된다.

특히 인간은 너무 현실세계에만 집착하는 경향이 있어,

하늘의 뜻을 잊고 사는 일이 허다하다.

육체와 정신과 영혼, 모두를 쇠하게 만드는 일이 아닐 수 없다.

7

그대여

부귀와 영화, 권력과 금력, 직함과 명예,

온갖 형이하학적 무늬들로 인생이 거창하게 장식되어져

있는 분들을 결코 부러워 말라.

그대들은 한평생 무엇을 바라고 여기까지 헤엄쳐 왔는가.

번쩍거리는 비늘과 우아한 지느러미

겉으로 보기에는 그럴 듯도 하다만

영혼의 내장 속에 가득 들어차 있는 탐욕 뒤의

똥과 밥찌꺼기

양심이 썩는 냄새가 역겹기만 하도다.

어디로 시선을 두고 있는가.

가장 크고 값진 것은 그대 자신의 마음 안에 있는 것을.

이렇게 사는 것이 아니라고
언제나 입버릇처럼 되뇌면서도
시간에 쫓기고 일에 쫓기는 인간사.
나는 하나도 부러울 것이 없네.
일도 시간도 자신이 경영해야 하는 법
그것들의 노예가 되다니 말이나 되랴.

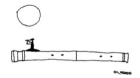

8

억울하고 한 될 것이 하나 없어라.

이러히 사는 것도 아주 잠시뿐

언젠가는 죽어 또 다른 생명으로 환생하리니

언제나 마음에 티끌을 묻히지 말고 살 일이로다.

9

그대가 강한 것을 너무 과신하지 말라.

어이해서 물속에 있는 돌이 둥글어지며 모래톱 속에도

쇳가루가 있느냐?

꺾어지는 것보다는 휘어지는 것이 낫고

휘어지는 것보다는 흐르는 것이 나은 법이니

처음에는 힘세고 단단한 것이

약하고 부드러운 것을 누르는 것 같으나

알고 보면 그 반대이니라.

우주 안에서 가장 강한 것은 바로 고요함 그것이니라.

10

바다로 가고 싶거든 우선 네 눈앞에 있는 물을 보아라.

물은 본시 무례함을 행치 않아서

재촉해도 경사가 완만하면

서두르지 않고

재촉하지 않아도 경사가 급하면

서두르는 법

닿는 것에 따라 조화를 이루어

언젠가는 바다에 이르느니라.

우리는 자연 속에 살거니 자연에다 스스로를 맡기면 그뿐

누구든 절로 바다에 이를 것인즉

가서 어찌하겠다는 생각 없이 바다에 이르러

무엇을 하리.

물은 바다에 이르러 되돌아오지는 않는 것.

우리도 또한 되돌아오기 힘들 것이니

준비하라.

바다에 이르러 꺼내놓을 네 마음.

모든 성취에는 때가 있도다.

서두른다고 바다가 절로 네게로 오겠느냐.

11

당신은 지금 진흙덩어리를 진주덩어리라고 착각하고 있다. 그건 당신이 아직 마음의 눈이 트이지 않았기 때문이다. 알고 보면 눈에 보이는 모든 것은 보잘것없고 쓸데없는 것. 우선 마음을 비우라. 먼지가 가득 낀 유리창을 통해서는 아무 것도 내다볼 수가 없다. 마음을 비워놓고 들여다보면 모든 것이 제 모습대로 보인다.

12

모든 사물들은 마음이라는 것 속에서 태어난다. 그리고 마음이라는 것 속에서 태어나는 순간에 또 마음이라는 것을 가지게 된다. 구름과 바람과 꽃, 뼈와 먼지와 재, 그리고 빈대와 거머리와 십이지장충까지도.

모든 사물들이 마음이라는 것 속에서 태어났으며 그것들이 또한 마음을 가지고 있다는 것은 얼마나 아름답고 눈물겨운 일인가.

13

우리들한테 절대 존재이신 하느님께서는

전지전능하심으로 전 우주 만물을 손수 창조하셨다니

세상의 미물 하나라도 하찮은 것이 없도다.

인간에게 설움 받는 모든 것들이여 슬퍼마시라.

어차피 삼라만상이 하나에서 태어나 하나로 돌아가리니.

14

언제나 작은 것 속에는 큰 것이 들어 있고
하찮은 것 속에는 고귀한 것이 들어 있으되
단지 우리가 그것을 보지 못하고 세상을 떠남이라.
우리가 세상에서 탐닉하였던 모든 것이
헛되고도
헛되도다.
이 헛된 생애가 끝나고 나면
우리는
어디서 무엇이 되어 다시 만나랴.

15

인생이라는 바다를 항해하면서

풍랑이나 해적을 만날까 걱정하는 것이 아니라

선장이나 기관사가 짝퉁이기 때문에 걱정해야 한다면

분명 정상적인 항해는 아니다.

하지만 지금 당신의 현실은 그럴지도 모른다.

16

길이 아니거든 가지를 말고

말이 아니거든 듣지를 말라는 속담이 있다.

하지만 살다 보면

가끔 길 아닌 길로 들어설 때도 있고

말 아닌 말을 들을 때도 있다.

그래서 곤경에 처하기도 한다.

물론 욕망을 제어할 줄 안다면

덫에 걸릴 염려는 없다.

17

침묵이 금일 때도 있지만
침묵이 죄일 때도 있다.
닭과 개와 벌레와 사람 중에서
말을 할 줄 아는 것은 사람뿐이다.
그러나 불의 앞에서 정의를 말하지 않으면
닭과 개와 벌레와 다를 바가 없다.
정의는 언제나 침묵 속에서 처형된다.

18

나이 여하를 불문하고

인간은 자기가 쓸모없는 존재라는 사실을 자각하는 순간

진짜 고독이 무엇인가를 자각하게 된다.

하지만 사이버 공간에서는

스스로 자신을 쓸모없는 존재로 전락시키지 못해서

안달이 나 있는 맹목의 젊은이들도 적지 않다.

19

잘못된 가치관이 인간을 불행하게 만든다.

인간은 물질의 풍요만으로는

결코 행복질 수 없는 존재다.

잘못된 가치관은 오히려 인간을 불행하게 만든다.

이제 대한민국은 정신적 풍요를 염두에 두고

가치관을 수정할 때가 되었다.

20

강한 자는 겸손하기 어렵고

약한 자는 솔직하기 어렵다.

강하지만 겸손하고 약하지만 솔직한 사람은

자신을 극복한 사람이다.

이런 사람과 가까이 지내면

수양을 따로 할 필요가 없다.

성품도 control+C와 control+V가 가능하다.

21

아까부터 추적추적 빗소리가 들리고 있다.
이 비 그치면 기온은 급격히 떨어지고,
나무들은 상사병을 앓으며
울긋불긋 산비탈을 불태우겠지.
불현듯 연애편지를 쓰고 싶은 계절이다.

22

열흘 붉은 꽃이 없고 달도 차면 기운다 하였으나,
마음만은 한평생 청춘으로 살겠다.

내 안에 너를 가두리라

몰매를 맞으며 살아왔어요. 춘천시 명동을 지나가면 사람들이 내게 무수히 돌을 던져요. 지방 국립대학 두 번째 강의가 끝나는 시간, 강의실 본관 앞에서 애인을 기다리고 있으면 어디선가 돌들이 날아와요. 날아와요. 만나게 해주세요. 겨울이 되면 어떻게 사나요. 헤어지고 싶지 않아요. 당신도 편지해 주세요. 당신의 얼굴이 요즘은 잘 생각나지 않아요. 춘천은 벌써 가을이 끝났어요. 추워요. 이제는 아무도 우리 편이 되어주지 않아요. 누구든지 죄 없는 자가 나를 돌로 치라고 역성들지 않아요.

몰매를 아무리 맞아도 내 뼈가 아무리 부러져도.

2

잠들어버리고 나면 꿈속에서는 꽃이 되건 물이 되건 바람이 되건 좀더 아름다운 것으로 태어나서 언제나 그녀의 뜰에 피어 있거나 그녀의 혈관 속에 흐르거나 그녀의 머리 위에 머무르고 싶었다.

3

오늘 밤 나는 동정을 버리리라. 새 술을 새 부대에 담으리라. 스물 몇 해를 간직해 온 나의 이 외로운 성, 나의 이 열등의 성, 오늘 밤 나는 네게 주리라.

그리고 나는 너를 내 안에 가두어두리라.

이승00

4

견딜 수 없다. 견딜 수 없다.

몸 속 어딘가에 도사리고 있다가 열병처럼 재발하는 방랑벽.

해마다 여름만 되면 광기처럼 되살아나는 사랑이여 그리움이여.

5

틈이 생긴다. 당신을 작별하고부터 틈이 생긴다. 틈 사이로 시린 바람이 스치인다. 헤어지며 흔드는 그대의 손바닥에는 언제나 틈이 생긴다. 그 틈 사이로 저녁 어스름이 보인다.

6

나는 희디흰 사과의 속살을 길 열고 사는 한 마리 작은 벌레.

7

바다에 오기 전 나는 생각했었다. 바다엘 가면 고백하리라. 파도 소리 때문에 말소리가 잘 들리지 않는 곳에서, 사랑해요 하고 고백하리라. 사랑, 하고 마음속에 넣어두면 아름답지만 사랑, 하고 입 밖에 꺼내놓으면 징그러운 단어, 어쩌면 고백하지 못하리라 생각했었다.

8

언제나 기다리는 시간이면 아흔아홉 칸 내 방에 등불 켜
진다.

9

그대는 지금 어디서 무엇을 하고 있느냐. 그대의 새 노트
에 접히던 바람은 오늘도 내 생생한 기억 속에 남아 있으
되 그대의 얼굴은 보이지 않고 오늘 밤엔 후둑후둑 비가
내린다. 그대 그리운 발소리로 비가 내린다.

이런 날은 문득 그대 생각. 소주 한 병을 들고 먼 길을 젖
은 채로 걸어와서 형, 아직도 살아 있수, 참 뻔뻔스럽소. 빙
긋이 웃으면서 손을 내밀 것 같은 생각. 우리들의 겨울은
정말로 거지 같노라고 술 취한 목소리로 회상하면서 우리
가 굳게 끌어안고 살았던 그 기나긴 어둠이며 거지 같음들
이 다시는 오지 않기를 건배하며 빌고 싶다는 생각…….

10

그대 그리워하는 날은 유리창도 그대를 향해 커튼처럼 펄럭일 수 없을까.

11

사랑하는 그대.

날개가 있다면 더욱 좋을 겁니다. 그러나 그것은 현실적으로 불가능한 일이죠. 저도 이제는 현실을 많이 알겠어요. 현실이 얼마나 비낭만적이며 완벽한 바둑판인지 또 사람들이 그 바둑판 위에서 얼마나 허겁지겁 축으로 몰리면서 살고 있는지 대충은 알겠어요. 더 이상의 묘수가 있으리라고 아직도 그대는 믿고 계시는지요.

12

나는 이제 알고 있었다. 우리가 아무도 사랑하고 있지 않음을. 단지 우리는 사랑이라고 하는 것이 우리들의 현실 속에도 실지로 존재하고 있음을 한번 믿어보고 싶었을 뿐이다.

13

내가 아름다운 몽상의 세계 하나를 가지고 있다는 점. 내가 바람에 흔들리는 풀잎 하나에서도 온 세상의 외로움을 환히 다 들여다볼 수 있고, 내가 저물녘에 날아가는 나비 한 마리에게서도 이승과 저승 사이를 환히 다 들여다볼 수 있다는 점.

14

사랑을 하라, 그리스도는 말했다. 그러나 그가 그 말을 하고 떠난 지 이천 년이 넘은 지금까지도 사랑이 무슨 뜻인지 확실히 알고 있는 사람은 단 한 명도 없다.

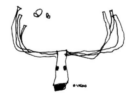

15

나는 또 문득 바다 냄새를 맡게 되었다. 정말 이상한 일이었다. 바다 냄새라니, 그럴 리가 없었다. 바다는 적어도 이 도시에서 여덟 시간이나 기차를 타고 가야만 만날 수가 있었다. 그러나 요즈음 집을 나서다가 문득 그렇게 바다 냄새를 맡곤 했었다. 연애를 시작했기 때문일까?

16

장발을 나부끼며 헤매인 거리. 이제는 내 사랑을 만나게
해다오.

17

흐린 날 피는 꽃들이 모두가 깨끗하고 맑아 보이는 것은
그 꽃들이 마음으로 흐린 날을 사랑하는 탓은 아닐까.

18

살아 있는 사람들이여. 사랑이라는 낱말이 아직도 국어
사전에 남아 있음을 찬양하라. 아직도 미처 사랑해 보지
못한 사람들이여. 절망하지 말라. 사랑은 모르는 사이 느닷
없이 오는 것이리니.

19

인간을 사랑하라. 그러나 낭만도 사랑하라. 애당초 사랑이라는 것은 낭만을 바탕으로 해서만 이루어지는 것. 돈으로 사랑을 살 수 있다고 생각하는 것은 돈이 없는 사람은 결코 사랑할 수조차도 없다고 생각하는 것과 마찬가지다. 하지만 그건 얼마나 개 같은 생각이냐.

20

연애를 하기 시작하면서부터 수없는 거짓말을 배우기 시작했다.

21

누가 사랑하기 때문에 여자를 가까이 하랴. 사랑하는 것은 언제나 이차적인 문제다. 일차적인 문제는 사랑에의 가능성부터 느끼는 것이다.

22

　사랑이란 마음 안에 가득 차 있는 경우 가장 아름답고 고귀한 것인즉 그 어떤 말이나 글이나 행동으로서도 제대로 표현할 수가 없다.

　이미 마음 안에서 꺼내어 표현하면 그 순간에 그것은 변질되므로 표현되는 그 어떤 것도 사랑 그 자체는 아니다.

23

낭만이란 반드시 있어야 한다. 낭만이 밥 먹여주냐, 라고 반박하는 사람이 있다면 나는 더 이상 그에게 할 말이 없다. 밥을 먹기 위해 태어나서 밥을 먹고 살다가 결국은 밥을 그만 먹는 것으로 인생을 끝내겠다는 식으로 이야기하는 사람들과 같은 때에 살고 있다는 사실이 다만 비참할 뿐이다. 밥 정도는 돼지도 알고 있다. 그러나 낭만을 아는 돼지를 당신은 본 적이 있는가. 아마 없을 것이다.

인간을 사랑하라. 그러나 낭만도 사랑하라. 애당초 사랑이라는 것은 낭만이라는 강변에 피어난 꽃이다. 낭만이 없는 사람은 사랑도 할 수 없다. 마른 모래사막에서는 한 포기의 풀잎도 자랄 수 없듯이.

돈이나 명예, 권력으로 결코 사랑의 싹을 틔울 수 없다. 돈이나 명예나 권력으로는 고작 사랑을 가장한 플라스틱 가화들이나 사들일 수 있을 뿐이다.

24

봄은 겨우내 밤을 새우며 몇 번이고 다시 쓰고 몇 번이고 찢어버렸던 편지 속 낱말들이 금색 햇빛 속에 다시 반짝거리기 시작하는 계절. 고통의 낱말들은 꽃으로 남고 어둠의 낱말들은 빛으로 남아 또 다른 편지를 쓰게 만드는 계절이다.

25

회색의 잿가루가 날아오른다. 시간이 흐를수록 우리는 멀어지기만 하였다.

회색 잿가루가 날아오른다. 살을 흘리며 정신을 흘리며 이만큼이나 왔구나. 회색의 잿가루가 날아오른다.

회색의 잿가루, 아무리 휘저어도 잡히지 않는 당신의 어스름.

26

당신과 나는 아무 상관이 없다. 이제는 아무 상관이 없다. 내 곁에 있는 허공만이 삭은 뼈의 전부이다.

씀바귀 잎을 씹으며 우리가 나누던 사랑. 독약 같던 사랑.

27

무소유(無所有)의 나라가 있었으면 좋겠다.

28

기억하라.

사랑은 결코 아무것으로도 대용되지 않는다. 그것은 마음과 마음을 통해서만이 전달되는 것이다. 따라서 주는 것도 아니고 받는 것도 아니다. 서로의 가슴 안에 소중한 마음으로 간직하는 것이다.

29

그대가 사랑하는 모든 것이 영원하지 않으며 그대가 근심하는 모든 것이 영원하지 않다.

30

장미의 꽃말은 아름다움, 그리고 불타는 사랑이다.

우리나라에서 장미가 재배되기 시작한 것은 신라 시대 부터였다고 하며 오늘날과 같이 향기롭고 요염한 장미는 로사 시넨시스에서 태어났다고 한다.

세계 여러 나라의 전설에 의하면 장미는 대개 사랑 때문에 피 흘린 자리, 또는 사랑하는 사람이 죽어간 자리에서 피어난 꽃으로 되어 있다.

라이너 마리아 릴케는 장미꽃 가시에 찔려 죽었다는 말이 있는데 병들어 죽거나 늙어 죽거나 차에 치여 죽는 것에 비하면 얼마나 고급스러운 낭만인가.

31

함몰하는 바다로 가게 해 다오.
스스로 멸망하는 자유를 다오.
사랑도 길이 막힌 가을비의 밤.

32

사랑하는 것들의 모든 이름을 공지천 똥물에다 내다 버
리고 한평생 구름이나 바람처럼 시름없이 떠돌 수는 없는
것일까.

33

더러는 추적추적 밤비도 내려
내 살 속 가득히
그리움의 씨앗만 눈뜨고 있다.

34

언제나 젖어 있으라. 땅이 마르면 물이 고이지 않는 것과 마찬가지로 가슴이 마르면 사랑이 고이지 않는다는 사실을 알라.

35

먼 바다로 가서 잊으리라
그대 사랑
생손앓이 아픔으로 쓰라리던 기억이여

파도가 잠든 날에
한 척 외로운 배에나 실어 보내리라
밤마다 머리맡 가득히 쌓이던 낱말

갈매기여 갈매기여

이 세상 어디에서고 닻을 내리지 못하던

내 가슴속

그 낱말 전부를

보다 높은 하늘에다 물어 나르고

헤어진 사랑

땅에서는 바위틈에

피어나는 한 무더기 꽃

하늘에서는 달이 되고 별이 되고

또 더러는 내 소중한 이의 귀밑머리

거기에 무심히 닿는 바람도 되게 하라

그래도 그리운 사람 하나 있었더라

나는 여자라는 것에 대해서 곰곰이 한번 생각해 보았다. 여자는 무조건 약한 것뿐이었다. 숙명에도 약하고 사랑에도 약하고 반지에도 약하고 거울에도 약하고 꽃에도 약하고 약하다는 것에조차도 약한 동물이었다. 여자 이외의 모든 것은 강하며 여자 이외의 모든 것은 여자 편이 아니었다. 그래서 여자는 여자라는 이유 하나만으로도 이 지구상에서 가장 고독한 존재였다. 단지 에덴동산에서 그까짓 나무 열매 하나 따먹었다는 죄로 평생을 죄수처럼 살아야 한다는 것은 너무도 억울한 일이 아닐 수 없었다.

여자의 일생이란 요약하면, 에덴동산의 나무 열매 한 개 따먹은 것을 물어주기 위해 정신적으로든 육체적으로든 끊임없이 자신을 허물어나가는 것뿐이었다. 그러다가 결국은 그 옛날 그 열매를 깨물었던 이들이 모두 빠지고 여자가 단 하나 위안으로 삼는 아름다움조차도 흉악한 주름살로 찌들어버리면 그때야 비로소 다른 것들의 마지막이 그러하듯 흙으로 돌아갈 수 있는 동등한 자격을 얻을 수 있는 것 같았다.

하나님이 남자의 갈비뼈 하나로 여자를 만들었다는 것부터가 여자로서는 기분 나쁠 것이다.

전지전능하시다는 하나님이 왜 하필이면 남자의 갈비뼈로 여자를 만들었을까. 진흙이 모자랐을까.

2

외로움과 성욕은 정비례한다. 외로우면 외로울수록 여자가 그리워진다.

그러나 여자는 참으로 오묘한 의식구조를 가진 동물이어서 있는 그대로를 보여주면 흥미 없는 표정을 짓다가도 화려한 거짓말 앞에서는 정색을 해보인다.

하지만 진실을 말하는 남자보다는 거짓을 말하는 남자의 표정과 목소리가 언제나 진지하다. 진실의 경우는 사실 그대로만 말하면 되는 것이기 때문에 그리 어렵지 않지만 거짓의 경우는 없는 것을 꾸며내야 하기 때문에 약간의 어려움이 따른다. 그리고 그 어려움을 자신의 진지한 표정과 목소리로 커버하지 않으면 안 된다.

여자는 대체로 무엇에건 몰두해 있는 남자들의 표정을 좋아하는데 거짓을 말하는 동안에는 자칫하면 앞뒤가 제

대로 맞아떨어지지 않는 수가 있으므로 자연 이야기 속에 스스로가 몰입되어 있지 않으면 안 된다. 사기꾼은 남을 속이기 전에 우선 자신부터 속여야 한다. 그래서 자신이 생각하기에도 그것이 틀림없는 사실인 것처럼 느껴져야 한다. 따라서 모든 사기꾼들의 표정 또한 진지하기 짝이 없다.

그러나 흔히 여자들은 그 빌어먹을 놈의 진지한 표정에 약하다.

3

교양 좋아하는 여자를 조심하라. 교양이 늘어갈수록 남편에 대한 존경심은 줄어든다. 마누라가 서예학원을 왕래하며 한 일(一) 자 하나를 배우는 동안 남편은 집 지키는 개로 변할 우려도 있다.

4

여자란 믿을 만한 동물이 못된다. 최신식 금고의 안정성은 믿어도 최신식 좋아하는 모든 마누라들의 안정성은 믿을 수가 없다. 언젠가는 최신식 남자도 하나쯤 필요하다고 생각하게 될 테니까.

5

똑같은 말이라도 마음을 담은 진언과 사탕을 바른 허언이 있는데 시간이 지나면 진언은 실천으로 증명되고 허언은 오리발로 증명된다. 문제는 똑같은 허언을 계속 미신처럼 믿어주는 속물들이다. 세상은 그들에 의해 급격히 시궁창으로 변해간다. 쿨럭.

6

만약 애 낳는 기계라도 시판된다면 여자들은 그것조차도 사달라고 조르는지도 모른다.

7

여자들의 말을 들어보면, 이 세상 천지가 온통 개과에 달린 그 늑대라는 산짐승들로 가득 차 있는 것 같다.

구체적으로 어떤 여자들이라고 꼬집어 말하기는 어려우나 분명히 구역질 나는 여자들은 세계 도처에 존재하고 있는 것이다. 대개의 구역질 나는 여자들은 자신이 구역질 나는 여자라는 사실을 모르는 법이지만 더러는 알고 있는 경우도 있는데 그런 여자들은 또 교묘하게 자신의 미모나 지식이나 기타 다른 도구들로써 구역질 나는 부분을 은폐시키려 들기도 한다. 하지만 구역질을 하고 싶은 충동을 느끼는 것은 내 육체의 일부이겠으나 구역질 나는 여자들이므로 자신들의 구역질 나는 부분을 은폐시키려 들면 들수록 나로 하여금 더욱 구역질을 하고 싶은 충동을 느끼게 한다.

구역질 나는 취미생활, 구역질 나는 인간관계, 구역질 나는 자기 변명, 구역질 나는 생활습관, 구역질 나는 사고방식, 이해타산, 욕구불만, 구역질 나는 희로애락, 구역질 나는 생로병사, 구역질 나는 일장춘몽이 역력히 드러나 보일 뿐이다,

그러나 나로 하여금 구역질 나는 여자들보다 더 구역질을 하고 싶은 충동에 사로잡히도록 만드는 것은 바로 나라는 인간 그 자체이다.

9

여자여. 희망이 어디 예금통장에 적혀 있는 잔금액수 같은 성질의 것인가. 시장바닥 저울판 위에 올려놓고 십 원어치다, 백 원어치 다 따질 수 있는 멸치대가리 같은 성질의 것인가. 남자를 볼 때 머릿속은 가뭄의 두레박처럼 말랐어도 호주머니만 기름지면 희망 있는 백성이라고 착각하지 말라.

10

여자는 난해하다. 그 어떤 현대 시인의 난해시보다 더 난해하다.

11

만약 당신이 어떤 여자 하나를 여관으로 손쉽게 데려갈 심산이라면 가급적 인생이니 예술이니 철학이니 하는 따위의 이야기를 꺼내지 않는 것이 이롭다.

내가 아는 어떤 남자는 인생이니 예술이니 철학이니 하는 것들 대신에 새로운 난센스 퀴즈 몇 가지씩을 항상 준비해 가지고 다닌다. 그리하여 여자를 만나기만 하면 마치 마술사가 건조한 톱밥 한 줌을 집어삼키고 아름다운 장미꽃 한 송이를 뱉어내는 것과 거의 맞먹는 재주를 연출해 낸다.

아무리 우울한 표정을 가진 여자라 하더라도 그 남자 앞에 앉기만 하면 불과 일 분도 경과하지 않았는데 깔깔깔한 묶음씩의 웃음을 뱉어내기 시작하는 것이다.

몇 시간 후에 여관에서 나오는 그 여자를 만나 물어보라. 대답은 이러할 것이다.

모르겠어요, 웃다 보니 어느새 일이 다 끝나 있던걸요.

12

    산삼을 열 뿌리 먹는 것보다는 마누라의 잔소리를 한 번 덜 듣는 편이 훨씬 건강에 도움이 된다.

13

여자의 추측은 남자의 확신보다 몇 배나 정확하다. 영국의 시인 키플링의 말이다. 하지만 그 정확한 추측이 가끔 선무당처럼 생사람을 잡기도 한다는 사실을 감안해 주기를.

14

귀로는 그릇된 사람의 말을 듣지 말아야 하며 눈으로는 그릇된 사람의 행동을 보지 말아야 한다는 가르침이 있습니다. 그런데 온갖 비리와 범죄가 만연해 있는 대한민국에서 과연 그 가르침을 지키며 살 수가 있을까요. 그냥 목숨이나 부지하고 살면 천만다행.

15

옛날이나 지금이나 우리네의 도덕이며 윤리며 법 따위는 모두 남자 쪽에만 관대한 편이었습니다.

여자가 많은 남자를 거치면 탕녀 취급을 받습니다. 극단적으로는 같은 여자들까지도 화냥년이라는 심한 말로 손가락질을 할 정도입니다.

그러나 남자들은 많은 여자를 거치면 거칠수록 호걸 대접을 받습니다. 영웅호걸치고 주색을 가까이하지 않는 사람 없다라는 식으로까지 이야기합니다. 그리고 너도나도 영웅호걸이 되려고 은근히 기회를 노리고들 있는 것 같습니다.

16

어둠이 낙진처럼 내려덮이고 밤의 덧문이 소리 없이 빗장을 풀면 하나둘 창문마다 젖어드는 성욕의 불빛들, 그 불빛들에 세포를 적시고 여자들이 흐느적거리며 골목으로 걸어나와 사내들과의 밤낚시를 시작하는 것이다.

17

이론과 자존심과 허영으로 충만한 얼굴들에 대하여, 핸드백과 옷과 목걸이와 헤어스타일과 구두에 대한 얘기를 하고 나면 금세 뇌가 텅 비어버릴 것 같은 그 화제의 궁색함에 대하여, 그리고 사실은 아무것도 모르면서 재빨리 인생을 다 알아버리고 재빨리 어른이 다 되어버린 듯한 그 말투들에 대하여, 나도 별로 좋은 선입관을 가지고 있지 않다. 그리고 특히 최근에 이르러서는 세종대왕이나 신사임당의 얼굴이 그려진 조폐공사 발행의 종이 몇 장이 그녀들에겐 훨씬 감동과 사랑의 근본이 된다.

타락한 세상이다.

18

태공은, 남자가 어릴 때 가르침을 받지 못하면 자라서 반드시 어리석은 남자가 되고, 여자가 어릴 때 가르침을 받지 못하면 자라서 반드시 솜씨가 없는 여자가 된다고 했습니다. 당신의 아내, 또는 당신의 남편은 어떠신가요.

19

남편이 아내에게 소중하게 여겨질 때는 오직 남편이 출타했을 때뿐이다. 도스토옙스키의 말이다. 그럼, 전업작가로 사시사철 방구석에 틀어박혀 원고지나 파먹고 사는 나는 아내에게 무용지물로 여겨지겠구나. 설마 하면서도 어쩐지 켕긴다.

20

여자에게 있어서 아름답다는 것은 행복하다는 것과 일맥상통할는지는 몰라도 결코 그 행복이 형이상학적인 것이라고는 말할 수 없다.

21

여자란 거짓말은 잘 믿으면서도 진실은 오히려 잘 믿지 않으려는 경향이 있는 것 같다. 진실과 거짓말을 구분할 수 있는 가슴이 쉽게 마비되는 모양이다. 아마도 허영 때문일 것이다.

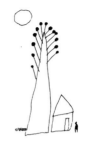

22

한 남자의 무의식 속에서도 그 이름이 끄집어내어지는 여자는 행복하다. 그녀가 비록 지금 그 남자를 버리려고 하고 있는 중이라 하더라도 그녀는 행복하다.

23

남자들은 여자를 고를 때 왜 그토록 외모를 중시하는지 모르겠다. 사람과 사람이 만난다는 일은 단순히 몸과 몸이 만난다는 의미만을 가지지는 않는다. 얼굴만을 보고 여자를 선택한다는 것은 포장만 보고 물건을 사는 것과 다를 바가 없다. 사실 소중한 것은 마음이 아닐는지. 그러나 남자들은 그것이 국정교과서적 상식인데도 잘 납득이 가지 않는 모양이다.

24

남자들이란 여자가 조금만 친절을 베풀어주어도 그 여자가 마치 자기 마누라라도 되어버린 듯이 만만하게 대하려는 속성이 있다.

25

육체적으로나 정신적으로나 한 번도 망가지지 않고 본래의 모습대로 한평생을 마치는 여자는 거의 희박하지만 요즈음은 너무 일찍들 망가져버리는 것이나 아닌지.

하지만 망가진다는 것은 반드시 못쓰게 된다는 것을 뜻하는 것인가. 인생 전체를 놓고 볼 때 과연 얼마만큼이나 중요한 의미를 가지는 것인가.

26

자신이 세상에서 가장 아름답게만 보일 수 있다면 추운 겨울에도 브래지어와 팬티 따윈 모두 팽개쳐버리고 바람 부는 거리에 하루 종일 서 있을 수 있다고 생각하는 여자 가 있을는지도 모른다.

27

아침에 일어나서 혹시나 하고 라디오를 틀어보면 수다스 런 어느 여류 재담가의 귀에 익은 음성만 요란하다. 나는 왜 하필이면 그녀의 고정 프로에서만 잠을 깨어 라디오를 틀게 되는지 모르겠다는 생각이 든다. 그녀는 어찌나 빠르 고 강한 템포로 따따따 열심히 떠들어대는지 침방울이 틱 틱틱틱 라디오 밖으로 튕겨져 나오는 것이 보이는 듯하다. 나는 방바닥이 그녀의 침에 의해서 번들거리고 있다는 착 각까지 들 정도이다.

28

여자의 추측은 남자의 확신보다 몇 배나 정확하다. 영국의 시인 키플링의 말이다. 하지만 그 정확한 추측이 가끔 선무당처럼 생사람을 잡기도 한다는 사실을 감안해 주기를.

29

우리가 살고 있는 나라만큼 슬픈 여자들에 관한 이야기가 많은 나라가 이 세상 어디에 또 있을 수 있을까.

30

오늘날은 지나치게 물질문명이 발달해 있습니다. 당연히 정신적인 면에서는 목이 마르는 실정입니다. 특히 여자들은 그 정신적인 면이라는 것에 약한 속성을 가지고 있습니다. 대개의 남자들은 그 점을 잘 알고 있습니다. 아무리 속이 텅 빈 남자라 하더라도 그 나름대로 몇 가지의 교묘한 화술, 친절한 행동, 유식하다고 인정받을 만한 일 페이지 정도 분량의 지식, 그리고 정신적인 면으로서의 몇 가지 제스처 따위 정도는 필수적으로 가지고 있습니다.

속이 텅 빈 사람이면 속이 텅 빈 사람일수록 그것을 위장하기 위한 도구들은 많이 확보하고 있는 편입니다. 게다가 쉽게 낚시바늘을 내보이는 법도 없습니다. 여유 있게 떡밥만 단계적으로 던져놓습니다. 만약 상대편 여자가 정신적인 면보다는 물질적인 면에 더 허영기를 가지고 있다는 것을 눈치채면 재빨리 거기에 맞는 미끼를 제조하는 재주도 가지고 있습니다. 원자탄이나 떡밥으로는 신통치 않다는 생각이 들면 재빨리 구더기나 지렁이로 바꾸어버리는 것입니다. 하지만 남자들이 능숙하고 교활한 낚시 수법을 동원해도 미끼만 똑 따먹고 도망치는 여자도 얼마든지 있습니다. 그러면서도 남자를 모두 도둑놈이라고 말하다니 당치도 않습니다.

모든 인간은 피고, 세상 전체는 감옥

1

나는 신의 모든 것을 혐오하지 않는다. 그러나 때때로 신을 잘못 믿는 자들이 내게 던지는 돌에 대한 혐오만은 혐오 이상의 그 어떤 단어들을 생각게 한다. 도대체 신만큼 인간과 가까이 있는 것이 없는데도 신을 믿는 인간들은 신에게로 가까이 가기 위해 인간으로부터 멀어지는 오류들을 자주 범하게 되는 것이다.

2

어느 시대건 그 시대의 천재를 비참한 죽음으로 밀어넣는 것은 그 시대의 속물들이다. 속물들은 마치 그렇게 하는 것만이 의무를 다 하는 것으로 착각하는 것처럼 생각될 때까지 있다. 그런데 조물주는 왜 그들을 이나 벼룩이나 회충 따위로 태어나도록 배려해 주지 않았을까. 만약 그런 모습으로 태어났다면 보다 정직해 보였을 텐데.

3

먼지만도 못한 먼지는 없다. 그러나 때로 개만도 못한 인간은 있다.

4

도덕이니 윤리니 하는 것 따윈 이제 신물이 난다. 그런 것들은 알고 보면 윤락녀의 음부에 부착되어져 있는 정조대처럼 우스꽝스러운 허세를 내포하고 있을 뿐이다.

5

좋은 환경 속에서만 살아간다는 것은 그리 자랑스러울 것은 못 된다. 촌충을 보라. 촌충은 사람의 소장에서 기생하는 동물이다. 사람의 몸속에서 항시 생활하기 때문에 전혀 적의 공격을 받을 염려가 없다. 또한 적을 공격할 필요도 없다. 사시사철 주위 온도도 일정하게 살기 좋은 상태로 유지되고 있다. 완전히 소화된 음식물이 언제나 손쉽게 공급되어진다. 따라서 다른 동물처럼 심하게 운동을 할 필요도 없다. 그러니까 자연히 운동근육이나 감각기관이 퇴화해 버리고 말았다. 몸의 길이는 무려 5, 6미터 정도나 되지만 구조는 지극히 간단하다. 눈, 코, 입, 귀조차도 없다. 오직 생식기관만이 남아 있을 뿐이다. 그 긴 몸은 수백 개의 마디들로 이루어져 있는데 각 마디마다 정소와 난소만 남아 있을 뿐이다. 그러니까 온몸이 생식기관으로 이루어진 아주 환멸스러운 동물인 셈이다. 오늘날 좋은 환경 속에서 자라나 촌충과 마찬가지로 살아가는 인간이 어디 한두 명이랴. 또 그런 생활을 부러워하는 인간도 어디 한두 명이랴.

6

확실히 요즈음은 소크라테스보다는 돼지 쪽이 더 인기가 있다.

7

그 아무것도 고뇌할 건더기가 없다고 생각하는 사람들이 이 세상에 아직도 존재하고 있다는 사실, 그게 바로 고뇌할 건더기가 아니고 뭐란 말이냐.

8

피둥피둥한 얼굴에 고급양복지로 만들어진 양복, 그리고 번쩍거리는 시계, 넥타이핀, 향수 냄새. 이 피둥피둥한 오십대의 사내를 보라. 면도한 돼지 궁둥이에 콜드크림을 바른 것처럼 얼굴이 풍요로워 보이지 않는가.

9

영원한 자유인에게 직업이라는 게 왜 필요하다는 말이냐. 인간이 직업을 가지고 있어야만 반드시 생존을 유지할 수 있다고 미신처럼 굳게 믿으면서 살고 있는 사람들이야말로 속물들인 것이다.

10

썩어 문드러진 예의 따윈 별것도 아니다. 무엇보다도 중요한 것은 이 현실 속에서 내가 지식이라는 광주리에다 주위 담았던 쓰레기들을 깨끗이 버리는 일이다. 현실이라는 동굴 속에서 허우적거리고 사는 한은 모든 것이 악취를 풍기는 쓰레기다.

11

인생을 연극이라고 말하다니 나는 도저히 납득할 수가 없다. 인생은 어디까지나 인생이다. 아무것으로도 비유될 수가 없다. 따라서 나 자신도 배우는 아니다. 오직 나 자신일 뿐이다.

12

뭔가 허전한 부분, 그 뭔가라는 것은 정말 뭔가.

13

통쾌하여라.

우리가 증오한 모든 것들이 먼지로 화한다는 생각이여. 우리가 사랑한 모든 것들이 먼지로 화한다는 생각이여. 전혀 관심을 가져본 적조차 없는 하찮은 것들도 언젠가는 똑같은 먼지로 화한다는 생각이여.

정치가도 먼지로 화하고 학자도 먼지로 화하고 법관도 먼지로 화하게 된다. 꽃도 먼지로 화하고 대변도 먼지로 화하고 다이아몬드도 먼지로 화하게 된다.

그야말로 신의 은총이 아니고 무엇이랴.

14

그는 지독한 궤변론자였었다. 이 세상에 현존하고 있는 그 어떤 일반적 진리나 도덕이라 하더라도 절대 수긍하려 들지 않았었다. 그는 우선 이름 붙여진 모든 것을 부정했었다. 망초 꽃을 부정하고 원자폭탄을 부정하고 공자님을 부정하고 새우튀김을 부정했었다. 태평양도 부정하고 아프리카도 부정했었다. 만유인력도 부정하고 유전법칙도 부정했었다. 그러나 단 한 가지 죽음만은 부정할 수 없었다. 그 사실을 그는 오늘 아침 교통사고로 증명해 보여주었다.

15

굶주림이란 인간을 짐승과 연결하는 가장 설득력 있는 유혹이다.

16

싸우지 말라. 돈과 명예와 권력 때문에 싸우지 말라. 봄에 내리는 비, 봄에 피는 꽃, 그리고 봄에 새로이 눈뜨는 모든 것들에게 죄를 짓지 말라. 자연 앞에서는 우리도 한낱 보잘것없는 뼈와 살, 너무도 많은 것을 더럽혀오지 않았는가. 우리는 다만 서로 사랑하면 그만이다. 마음까지를 더럽히려고 애쓰지 말라. 단 한 줄의 시도의 외어보지 못한 채 봄을 훌쩍 보내어버린 사람이 돈과 명예와 권력을 얻는다고 인간다운 생활을 영위할 수 있겠는가. 봄비 내리는 밤한 시. 잠 못 이루고 한 줄의 시를 쓰는 사람과 잠 못 이루고 몇 다발의 돈을 세는 사람들을 한번 비교해 보라. 누구의 손끝이 더 아름다운가.

17

고독이든 고통이든 극에 달하면 인간을 성욕조차 느낄 수 없을 정도로 무기력하게 만들어버린다.

18

인간은 결국 완전한 혼자가 되기 위해 살아가고 있는 것에 불과하다. 사람과 사람은 완벽하게 혼합될 수가 없다. 쌍둥이조차도 타인은 타인인 것이다.

19

다른 것은 다 참아도 이(齒) 아픈 것만은 못 참는다는 말을 들은 적이 있다. 하지만 누군가가 내게 자기의 충치 앓이와 나의 불면증을 바꾸고자 한다면 나는 얼씨구나 하고 바꾸어버릴 것이다.

20

장가를 가야겠다. 장가를 가고 나면 지금까지 내가 살아온 것처럼 인생이라는 것이 종이로 만든 빵을 씹는 것처럼 맛대가리 없지는 않을 것이다. 나는 절대로 독신주의자는 아니다. 다만 내가 혼자 살고 있는 이유는 내가 사랑하는 여자를 내 집으로 데리고 올 수 있는 조건이 갖추어져 있지 않기 때문이다. 딸을 가진 최근의 부모들은 대개 한 남자의 가슴에다 자신들의 딸을 시집보내고자 하는 것이 아니라 그 남자의 조건에다 시집보내고자 한다.

이제 인간은 인간만으로는 결혼할 수 없게 되었다. 마침내 인간을 대신하여 그 인간들의 조건들끼리 결혼하는 시대가 오고야 말았다. 인간은 그저 그 조건이라는 것들이 서로 결혼할 때 부속품으로 따라가주기만 하면 되는 것이다.

—20대의 파지 중에서

21

기다린다는 것은 떠난다는 것보다는 한결 피가 마르는 일이다.

22

초등학교 때부터 대학을 졸업할 때까지 교과서를 미신처럼 믿으면서, 참고서를 절대적인 지식으로 착각하면서, 동경이나 체험 같은 건 단 한 번도 느껴보지 못한 채, 암전의 사회 속으로 뛰어들고야 말 것이다. 그리하여 무절제한 욕망들과 그에 반비례하는 열등감에 샌드위치가 되어 겨우 먹고사는 일에다 발목을 붙잡힌 채 한평생 외부적인 힘에 의해서 자신을 움직이며 살아갈 것이다.

23

　신은 어디에나 있는 것이거니, 먼지같이 작은 벌레 한 마리라도 하찮게 보아서는 아니 되는데, 하물며 사람의 생명이야 오죽하랴. 최근에 이르러 세상 사람들이 더러 인명을 경시하는 풍조가 없지 않은데 이것은 우리가 너무 감정 없는 기계와 돈과 제도 따위에 목을 매고 살아온 탓으로 가슴이 메말라 있기 때문이 아니겠는가.

24

그 겨울에 내가 흘린 눈물만 해도 다 모아놓으면 아마 소규모의 수력발전소 하나쯤은 충분히 만들 수 있을 것이다.

25

염화제이수은, 언제든 먹기만 하면 천당이니 지옥이니 따위가 있는지 없는지 직접 확인해 볼 수 있는 성능 좋은 극약이다.

26

인간들은 자신들이 딴에는 굉장한 존재들인 것처럼 생각하는 모양이지만 인간들이란 얼마나 많은 맹점들을 가지고 있는 동물인가. 사실 인간은 부분 장님이 아니면 청맹과니에 불과하다. 그런데도 눈으로 직접 보지 않은 것은 절대로 믿으려 들지 않는 이유가 무엇인가. 눈도 변변치 않으면서.

27

돈을 벌기 위해서 발악적으로 정신과 육체를 혹사시켜 보지만 영원히 만족할 만한 돈을 벌지 못할 것이다. 결국은 허망하게도 제도와 문명의 노예로서 뼈 빠지게 일하다가 늙고 병든 채 죽음의 강변에 홀로 쓸쓸히 당도해 있는 자신을 발견하게 될 것이다. 쇠잔한 영혼의 보잘것없는 형태를 그제서야 안타깝게 생각할 것이다.

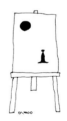

　동서고금에 간악무도했던 인간이 어디 한두 명이랴. 하
동 진갈성 북문 부근에 도위 직급의 마헌이라는 자가 살았
는데, 어제까지만 해도 호리병을 들고 벗을 찾아가, 세상 풍
진 한탄하며 어려운 일을 부탁하고, 함께 밤을 새워 서로
술잔을 권하더니, 오늘 갑자기 그 형편이 달라지자 정답던
그 벗을 모함하여 참수토록 만드는구나. 아예 인간으로 취
급치 아니하여 더 이상 부연치 않거니와, 만약 앞으로도
그런 인간이 다시 나타난다면 반드시 큰 재앙을 면하기
어렵도다. 그 아비가 요행히 그 재앙을 피한다 하더라도,
그 자식이 대신하여 그 재앙을 받게 되리라. 후세인은 부
디 명심하여 신의를 바로 하고 함부로 남의 목숨을 해하
지 말라. 한 세상 사는 것도 뜬구름 같은 일, 욕되게 살아
무엇을 하랴.

29

　무의미의 정체가 어떤 것인가. 무의미란 진실로 의미심장
한 것은 아닐는지.

현실적으로 볼 때 이제 인간은 결코 존엄하지 않다. 아직도 이 세상에는 많은 악의 뿌리들이 법과 양심과 눈을 피해서 속수무책으로 번성하고 있다. 무력으로, 금력으로, 권력으로, 또는 그밖에 여러 가지 형태의 힘으로 강자가 약자를 목 조르고 있다. 뼈도 안 남기고 깨끗이 뜯어먹어 버려도 전혀 뒤탈이 없도록 완벽하게 악행을 자행하는 놈들도 있다. 이른바 약육강식이라는 것이다. 사람들은 그것을 당연한 법칙으로 생각하고 있는 모양이다. 하지만 그것은 절대로 당연하지 않다. 약육강식이란 동식물계에서만 용납되어지는 법칙이지 인간 세계에서는 절대로 용납될 수 없는 법칙이다. 인간 사회에서는 강자가 약자를 잡아먹어서는 안 된다. 강자도 약자도 똑같은 평화를 누리면서 공존해야 하는 법이다. 그래야만 인간의 존엄성이 입증되는 것이다.

31

우리에게 죄를 짓도록 만든 것은 누구인가. 하나님인가, 악인인가, 사회인가, 가정인가. 당신은 언제나 말한다. 당신 자신은 아니라고.

아무리 잘난 체하는 사람이라도 깊이 따지고 보면 별것
도 아니어서 혐오스러울 정도로 속물근성만 남아 있는데
도 단지 남보다 잘 먹고 잘 산다는 자부심 하나 때문에 외
관상 좀 초라해 보이는 사람이면 숫제 자기 집 종놈처럼 취
급하려 드는 부류들도 나는 더러 본 적이 있다. 그리고 그
런 사람들은 항시 표정이 근엄해 보여서 절로 어이가 없다
는 생각이 든다. 그들이 근엄한 표정을 짓는 것은 근엄한
표정보다 더 좋은 표정이 인자스러운 표정이라는 사실을
모르기 때문일 것이다. 아니다, 안다고는 하더라도 인자스
러운 표정을 감히 흉내를 낼 수조차 없기 때문일 것이다.

하지만 아무리 근엄한 표정을 지으면서 허세를 부려도
죽고 나면 그뿐이다. 온 세상의 시계가 멎어 있어도 반드시
시간은 시간대로 흐르기 때문이다. 만약 그가 죽어가는 순

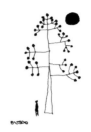

간까지 근엄한 표정을 지을 수 있다면 그는 정말로 근엄한 속물이다.

그러나 죽어가는 순간까지 근엄할 필요가 어디 있으랴. 아무리 지상에서 근엄한 표정을 지으며 살았어도 그는 일 단 하나님께로 가게 될 것이며 거기서는 근엄한 표정을 지 어봤자 전혀 통하지가 않을 것이다.

나는 아직도 누구든 인간으로 태어났다면 가난이라는 것을 한 번쯤 체험해 볼 필요가 있다고 생각하는 사람 중 의 하난데 그 이유는 가난이 자신을 어떤 인간인가 알게 만들어주면서 남 또한 어떤 인간인가를 알게 만들어주기 때문이다.

33

숨만 쉬고 있으면 살아 있다고 믿는 사람들. 감각이라는 감각은 모두 죽어 있으면서도 인생을 아프게 사는 체 엄살 떠는 사람들.

34

이 시대의 모든 상황이 시적인 사고방식보다는 과학적인 사고방식을 가진 사람을 더 필요로 하고 있는 것이다. 더욱 더 빨리 몰락하는 지구를 보기 위하여.

35

항간에는 자기 절의 연못에 물고기를 잡아다 넣고 그 연
못의 물고기를 건져서 다시 그 연못에다 방생하며 돈을 받
는 자들이 있다. 방생방생, 그런 방생 천만 번 소용 있을까.
우선 제일 먼저 방생해야 할 것은 물욕에 매인 자기 자신
이다.

36

한 켤레의 나일론 양말을 신기 위해 한 바가지의 오염된
물과 공기를 마셔야 하는 것이 오늘날 우리가 당면한 현실
이다.

37

궁상스러운 얼굴로는 아무것도 성사시킬 수 없는 법이다.
하다못해 구걸만 해도 그렇다. 궁상스러운 얼굴로 손을 내
미는 아낙네와 헤헤 웃으며 손을 내미는 꼬마를 놓고 볼 때,
사람들은 누구에게 먼저 돈을 꺼내주고 싶어 할 것인가.

38

든든한 밧줄 몇 미터로 내 수족 전부는 구속할 수 있을
지라도 내 자유 전부는 결코 구속할 수 없다.

39

사람의 목숨을 하찮게 여겨 대수롭지 않게 살인을 행하는 사람, 개인적인 욕망에 눈이 어두워 많은 사람의 피땀을 착취하는 사람, 약자한테는 한없이 강하고 강자한테는 한없이 약해지는 사람이 점차로 늘어나기 시작한다. 빨리 인간성을 상실하는 일이 빨리 구원 받는 일이라고 착각하고 있는 것 같을 정도다.

40

나는 아직 삶에 패배하지 않았으므로 결코 세상에 순종할 수는 없다.

41

인간은 이제 거의가 눈에 보이는 것들에 점령당해 있다.
나중에는 기어코 눈에 보이는 것들 때문에 몰락할 것이다.
인류의 가장 이상적인 형태는 바로 이 지구를 떠나 어떤
복락의 공간 속에서 순수지성과 순수사랑과 순수영혼의
덩어리만으로 모여 사는 것이다.

42

벼락이여, 돈이야말로 이 세상의 전부이며 위대한 종교
라고 생각하는 사람들의 머리 위에도!

43

모든 인간은 피고, 세상 전체는 감옥.

44

눈에 보이는 건 오히려 믿을 수 없는 것이다. 눈에 보이는 것치고 인간의 마음을 속이지 않는 것이 별로 없다.

45

흔히 사람들은 말한다. 촛불은 자신의 몸을 태워 온 방안을 밝힌다고. 그러나 대개의 사람들은 그렇게 말하면서도 몸을 태우는 쪽은 타인이고 자신은 밝은 방안에 앉아 있는 쪽이기를 원한다는 사실을 겉으로 드러내지 않는다. 얼마나 가증스러운가.

46

대나무. 사람들은 어째서 그것이 곧은 것만 말하고 잘 쪼개지는 것은 말하지 않는지.

47

어디까지 남에게 의지할 것인가. 말을 물가에까지 끌고 갈 수도 있고 또 물까지 먹여줄 수도 있다. 다만 오줌까지 만은 누어줄 수가 없을 뿐이다.

48

허수아비가 시종일관 양팔을 벌리고 있는 이유는 새를 쫓기 위함이 아니라, 단지 관절이 없기 때문이다.

49

어물어물하면 하루 사이에도 수없이 자기 몫을 잃어버리는 세상.

50

물은 정신이다. 그것의 본질은 그 어떤 물질에 의해서도 변화되지 않는다. 물이 오염되었다는 일반적인 이야기는 어떤 착각에 불과하다. 물은 그대로이며 다만 오염물질만 더러운 인간들에 의해 더럽게 증가되고 있을 뿐이다. 인간들은 이제 물보다 오염을 더 많이 발견하고 있음이 틀림없다. 엄밀한 의미에서 물은 가시적인 것이 아니다. 누가 시각을 통하여 감히 정신을 볼 수가 있단 말인가.

스러진 목숨 뒤에는 꽃이 피게 하소서

│

　새벽에 집을 나왔다. 흐림이었다. 날씨 흐림. 언덕을 내려오며 나는 살갗 전체로 궂은비를 예감하였다. 이제 완전히 그야말로 완전히 봄이었다. 넌더리나는 겨울은 모두 끝난 거였다. 영어로는 굿 바이. 일어로는 사요나라. 불어로는 아듀. 우리말로는 썩 꺼져. 그리고 다시는 오지 말아라.

　우라질 놈의 겨울이여. 나는 한 마리 병든 들개처럼 몸을 떨면서 그 삼십 년 만에 다시 쳐들어왔다는 추위 속을 홀로 모질게 버티어왔다. 학대의 겨울이었다. 기어이 연탄불은 꺼져버리고 너무너무 외로워서 차라리 알리 맥그로우의 사진이라도 머리맡 벽에 붙여놓고 건성으로라도 사랑해 보고 싶던 겨울. 참담한 수음으로 보낸 겨울.

　먹이를 구하러 나감. 메모지 한 장을 책상 위에 놓아두고 외출하여 하루 종일 이 황량한 도시를 헤매다가 돌아오면 늦은 밤 내 방문은 언제나 캄캄하였다. 나는 형광등을 켜기가 두려웠었다. 갑자기 켜진 형광등 불빛에 알몸을 드러내고 차디차게 식은 체온으로 살을 맞대어오던 나의 실내, 나의 정물들. 그 명료한 겨울의 고독이며, 삭막함이 두려웠었다. 하루 세끼를 고스란히 라면으로 때워버린 정월 초하루, 나는 야밤에 성당을 찾아갔었다. 금촛대를 훔치러 간 게 아니었다.

하나님만은 내 심정을 알아주실 것 같아서였다.

2

나는 자유롭게 살고 싶었다. 나는 인간답게 살고 싶었다. 그러나 단 한 번도 자의에 의한 삶을 살아갈 수가 없었다.

나는 언제나 외톨이였다. 사람들은 어느새 돈이나 기계나 제도 따위와 한패가 되어 나와는 전혀 다른 시간들을 경영하며 살아가고 있었다.

3

등 뒤로 멀어져간 내 유년의 기억들이 소리 없이 떠올라 무성한 고독의 수풀을 형성하고 나는 결국 아주아주 어릴 적에 집을 나와 이제는 영영 헤매임 끝에 옛길을 잃어버린 미아가 되어버렸음을 절감하게 되었습니다.

밤이면 더욱 쓸쓸해지는 도시.

나는 날마다 몇 개의 수은등이 허공 위에 백청색 불빛을 드리우고 있는 철로 변을 찾아가곤 하였습니다. 거기서 나는 열한 시 사십 분의 마지막 완행열차를 까닭 없이 기다리게 되었습니다. 기차는 주황색 불을 길게 늘이고 천천히 어둠 속을 지나가곤 하였습니다.

기차 속에는 몽유병과 같이 멍청한 표정으로 사람들이 밖을 내다보고 있었습니다. 나는 그들과 금방 눈으로만 친해질 수 있었습니다. 그들의 허망한 모습들을 향해 나는 연민의 손을 가만히 흔들어주곤 하였습니다.

　때로는 기막히고 창백하고 삼삼하고 슬프고 텅 빈 눈을 가진 여자가 기차 속에서 나를 내다보는 적도 있었습니다. 그 여자는 아주 잠깐 동안 내 망막 위를 스쳐갑니다. 그러나 그 잠깐 동안에 나는 그녀를 진심으로 사랑해 버리고 맙니다.

4

술 마시면 지붕 위에 올라가 야생의 검정말 울음소리를 흉내 내어 열 번이고 스무 번이고 길게 목 놓아 운다.

내가 개발해 낸 발성연습이다.

5

때로는 무의미한 악수 끝에 전해 듣는 소식. 가장 결백하게 살자고 부르짖던 어느 놈이 무슨 끗발 좋은 관청에 취직을 해서 불행하게도 돈만 밝히는 돼지가 되었다는 소식도 들었지만. 아, 이 쌍놈들의 여름.

6

　날씨는 개었으나 아직도 내 이마에는 감미로운 미열이 남아 있다. 아무 생각도 하지 말고 아무 변화도 가지지 말고 이대로 혼돈 속에서 며칠이고 며칠이고 혼자 있고 싶다. 가능하다면 한 마리 이[蝨]나 되어서, 이불 속에 숨어 혼자 계속 지루하게 기어 다니고 싶다. 그리고 더러는 먼지도 되고 싶다.

7

　내게 있어 세상은 잘 설계된 하나의 미로상자(迷路箱子) 같은 것이었다. 그 미로상자는 출구도 먹이도 없었다. 끊임없는 시행착오와 좌절을 거듭하다가 결국은 그대로 기진해서 숨을 거두어야 하는 복잡한 무덤의 골목들, 나는 그 무덤의 골목들 속을 날마다 헤매면서 한 여자를 찾아내어 함께 탈출하는 꿈을 꾸곤 했었다.

8

잠 속에서 돼지가 천사로 변해서 날아다니는 꿈을 꾸었다. 천사는 발가벗고 있었는데 유난히도 겨드랑이에 난 털이 내게는 돋보였다. 꿈속에서도 나는 아직 천사가 덜 된 것이라고 생각했었다.

9

나는 맹물에 불어터진 군용 건빵같이 맛대가리 없는 시간을 건져 먹으며 권태라는 우리 속에서 사육당하고 있다.

10

나는 생각했다. 인간은 아직도 희망이 있다고 나는 생각했다. 언젠가는 인간의 손을 다시 되찾으리라고 나는 믿었다. 전기세탁기, 전기밥솥, 그리고 콘크리트, 그 삭막한 의식주에서 언젠가는 해방되어 진정한 인간의 기능을 되찾으리라고 나는 믿었다. 믿기지 않았지만 억지로 믿었다. 믿고 싶어서 나는 믿었다.

11

우리의 모든 것은 격리되었다. 우리의 밥그릇이 격리되었고 우리의 숟가락이 격리되었고 우리의 이쑤시개조차 격리되었다. 우리의 말소리도 우리의 숨소리도 우리의 이산화탄소도 격리되었다.

12

특별한 일을 제외한 거의 모든 시간들을 원고지 속에다 파묻어놓고, 나의 살 나의 뼈 속에도 눈물겨운 낱말들이 싹터주기를 간절히 간절히 빌고 있었다.

13

혼자 있어도 고독하고 군중 속에 있어도 고독하다.

고독이란 누구에게나 있는 병.

나도 한때는 그 병에 걸려 자살까지 생각해 보았던 적이 있다. 하지만 결국은 치료법을 알아내고야 말았다.

고독에서 벗어나는 유일한 방법은 스스로 더 큰 고독 속으로 뛰어드는 수밖에 없다는 것을.

14

일기를 쓰고 싶다. 배고프다고.

15

안개의 도시 춘천에서는 그 어떤 사물 앞에도 안개라는 단어를 관형어로 놓을 수 있다.

안개극장 아래 있는 안개다실에는 안개커피와 안개음악이 있다. 지금은 오후 두 시. 손님은 서너 사람.

기억상실증에 걸려 있다.

첼로 한 타래가 축축하게 젖은 채 실내를 굽이쳐 다니는데 안경잡이 김 형이 담배를 피우다 말고 침묵 속에서 가만히 고개를 쳐든다.

연애하고 싶다…… 라고 안경알에 씌어져 있다.

16

온 천지가 농무 속에 침잠해 있었습니다. 모든 것은 사라지고 안개만이 남아 있었습니다. 마당이며, 마루며, 대문으로 안개는 꾸역꾸역 밀려들고 우리는 안개를 한 아름씩 걸어안고 들어와 가슴을 축축하게 적시며 남은 시간들을 술로 비워나가고 있었습니다.

17

나는 헤어졌다.

장맛비 내리는 여름 습기 찬 자취방에는 곰팡이가 피어나고, 먹을 거라곤 하나도 없는데, 궁상맞게 이나 잡으면서, 문학을 이야기하고 사랑을 이야기하고, 그러다 결국 나는 헤어졌다.

18

　어느 은행 앞 게시판에 대형 포스터 한 장이 붙어 있었다. 어린애 하나를 앞세우고 젊은 부부가 최대한 입을 크게 벌린 모습으로 웃고 있었다.

　높이 쳐든 손에는 각기 저금통장 하나씩이 들려 있었다. 당신도 우리처럼 웃고 싶으면 무조건 이 은행에다 돈을 저금하시오.

　하지만 나는 최대한으로 입을 크게 벌린 채로 웃고 있는 포스터 속의 세 사람에게 젖은 쇠똥이라도 한 바가지씩 퍼 먹여주고 싶었다.

　사흘이나 굶었는데 도대체 저금할 돈이 어디 있담!

19

　내 가슴은 언제나 닫혀 있었다. 닫혀만 있는 것이 아니라 닫혀서 얼어붙어 있기까지 한 실정이었다. 게다가 아무리 세상을 둘러봐도 내가 사랑할 만한 가치는 보이지 않았다. 닫혀 있는 내 가슴을 부수고 들어와 차디찬 얼음을 녹여줄 사랑은 보이지 않았다.

20

　시간을 맞출 필요는 없다. 다만 죽어 있는 시간을 다시 살려내기만 하면 그만이다.

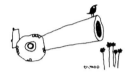

21

"자살에 대해서 생각해 보신 적이 있으세요?"

"여러 번 있습니다."

"무엇 때문에요?"

"너무나 외로워서죠."

"왜 실행하지 않으셨죠?"

"인간이기 때문에."

22

나는 길게 하품을 했다. 양치질 생략. 아침식사 생략. 세수도 생략. 주민등록증 호주머니에 있음. 돈, 한 푼도 없음. 라디오 껐음. 나는 또 외출했다.

23

지난여름에는 아무것도 사랑하지 못했다. 그리워하지도 못했다. 보이는 것은 모두 다 불쾌한 몰골로 시들어 있었다. 오, 이 쌍놈들의 여름.

바람은 불지 않았다. 비도 내리지 않았다. 다만 시들어 있었다. 움직이는 것들은 모두 불쾌했다. 내가 얼마만큼 인간다운 놈인가를 알기 위해 뜨거운 대낮마다 술을 마셨다. 더러운 놈들이 더욱 더럽게 썩어서 내 숨통을 막히게 만들고 있었다. 그러나 모든 것은 시들어 잡스러웠다.

의식이여 빛나는 나의 의식이여, 칼날처럼 번뜩이며 나를 살해해 다오.

24

무심코 하늘을 쳐다보았다. 암회색 구름장들이 겹겹으로 모여들어 무겁게 내려앉고 있었다. 나는 당분간 아무 일도 할 수 없을 것 같았다. 남아 있는 가을 내내 술이나 퍼마시는 수밖에는 별 도리가 없을 것 같았다.

25

밤이면 자주 심한 바람이 불었다. 방 안에 가만히 누워서 귀를 열면 바람은 모든 것들을 펄럭거리게 만드는 것 같았다. 벽도 펄럭거리고 천장도 펄럭거리고 방바닥도 펄럭거리는 것 같았다.

밤은 소리 없이 깊어가고 있었다. 자리에 누워 백청색 형광등의 가느다란 신경이 타들어가는 소리를 들었다. 언제나 머릿속은 하얗게 표백되어 있었다.

26

내가 먹은 열 알의 수면제, 내 방에 내리고 있는 함박눈, 그리고 내가 만나는 무시간의 세계, 그 무시간의 세계에 있는 모든 비밀. 그러나 아무도 믿어주지 않을 것이다. 아아. 나는 영원히 그 세계에서 이리로 돌아오고 싶지 않다.

이 폐수처럼 탁한 시간 속으로 돌아오고 싶지 않다.

27

차디찬 겨울비에 젖는 것은 누나의 묘비가 아니다. 사랑아 그대 바알간 맨발도 흘러가는 머리카락도 아니다. 내 살이 허물어지는 겨울의, 가시밭의, 쓰라림의 벌판을 아느냐.

28

더러 창을 열고 하늘을 보면 하늘은 카랑카랑하게 맑아 있었고 거기 유리 세공품 같은 밤별들이 바람에 눈자위를 씻고 있었다.

영원히 겨울은 끝나지 않을 것만 같았고 영원히 나는 혼자일 것만 같았다.

29

밤이면 광막한 인공댐호를 가로질러온 바람들이 도시를 점령하고 눈보라의 군단을 휘몰아온다. 쓰러지는 문짝들과 가로수의 울음소리.

바람은 밤에 들어보면 벽 속에까지 가득 들어차 있다.

30

사방은 고요했다. 마치 천연색 무성영화 속에 앉아 있는 듯한 기분이 들었다. 세상의 모든 시계들이 일제히 멎고 이제 세월은 절대로 흐르지 않을 것 같았다. 시간의 정지. 내일은 오지 않을 것임.

얼마나 고마운 일인가. 헤어져 있는 사람들은 영원히 다시 만날 수 없고 함께 있는 사람들은 영원히 헤어질 수 없다. 수많은 빚쟁이들이여, 굳은 시간 저쪽에서 안녕!

31

손바닥으로 내 얼굴을 만지면 곰팡이가 묻어난다. 서른 개의 아스피린을 복용한다. 서른 번의 안간힘에 속으로 운다. 목이 마르다. 목이 마르고 살갗이 탄다.

32

밤마다 허리를 앓는 도시. 이십 분마다 열차가 유배지의 바람을 싣고 와 한 짐씩 머리맡에 쏟아놓는 소리. 더러는 정선아리랑도 한 오라기 묻어온다.

아직도 당신은 잠들지 못하리라. 새벽 두 시. 흐리게 지워진 강. 저쪽 어디선가 자욱이 물 넘는 소리.

문득 울고 싶다는 생각이 들 정도로 새벽 강은 적막하다. 나는 물이 마시고 싶다. 강바람. 사흘 동안을 계속 비가 내리고 가로수들은 젖은 머리카락을 산발한 채 심하게 몸살을 앓으며 쓰러지고 있다.

33

나는 자유로워져 가기 시작했다. 그러나 내가 자유로워지면 자유로워질수록 타인들은 나를 미친놈으로 생각했다. 나는 자유로워지기는 했다. 그러나 나는 외톨이가 되었다.

34

나는 꺼져 있는 상태. 나는 타고 싶었다. 나는 그 어디에
서건 불씨를 한 줌 얻고 싶었다.

35

새벽 강은 적막했다. 멀리 상류의 강기슭에는 밀감빛 등
불 하나가 졸고 있었다.

등불은 축축하게 젖어 있는 것 같아 보였다.

36

겨울은 삭막하기만 했습니다. 모든 사람들과 작별하고 나는 혼자가 되어 있었습니다. 나는 무지무지하게 쓸쓸해져서 그리고 가난해져서 시린 발을 끌며, 이 썩은 도시의 황무지를 끝없이 방황했었습니다.

그 겨울 나는 아무도 만나지 못했습니다. 늦은 밤, 칼날 같은 바람을 헤치고 돌아와 내 방문을 열면 기다리는 모든 이들의 이름이 눈물로 생각 키우곤 했습니다.

내게는 끝끝내 엽서 한 장도 오지 않았습니다.

아. 그리하여 나는 조금씩 절망을 배우기 시작했습니다. 무엇이건 기다리면서 보내었던 그 기나긴 겨울. 모든 시간이 나를 배신하고, 마침내 나는 허무의 깊은 삼림 속에 누워 죽음과 만나곤 했었습니다.

나를 부축해 줄 수 있는 것은 다만 한 묶음의 원고지뿐이라는 것을 나는 잘 알고 있었습니다. 그리하여 나는 돼먹지 못하게도 시인의 흉내를 내기 시작했던 것입니다.

나는 나를 사랑하며 증오하며 나의 외로운 나무에 하나하나 내 나름대로 언어의 과일들을 매달기 시작했던 것입니다.

자, 선생님 구두를 벗어주시지요

싸르락싸르락 언 땅에 모래알 쓸려 다니는 소리, 어느 집 장독대에선가 양은 세숫대야 굴러 떨어지는 소리, 나는 절름절름 다리를 절며 골목길을 빠져나가고 있었다. 나는 펄럭거리고 있었다.

외로운 사랑도 펄럭거리고 외로운 절망도 펄럭거리고……. 펄럭거리다가 외등 밑에 이르러 잠시 펄럭거림을 멈추었다. 골목 안의 모든 집들은 거의 불들이 꺼져 있었고 사방은 죽은 듯이 고요한데 바람소리만 가슴을 자꾸 후벼놓고 있었다.

한참을 걸어서야 이윽고 교회를 만났다. 교회는 불이 꺼져 있었다. 그러나 그 건물은 어둠 속에서도 엄숙하고 경건한 모습으로 버티고 서서 완전히 나를 압도하고 있었다. 나는 교회를 오르는 가파르고 긴 계단 밑에서 첨탑 위의 십

자가를 한참 동안 쳐다보고 있었는데, 나의 그림자는 실지보다 반 정도나 축소되어 있는 듯한 기분이었다.

나는 계단을 오르기 시작했다.

계단은 몹시 가파르고 긴 편이었다. 이 교회를 다니는 신도들은 이 계단을 다 올라갔다는 사실 하나만으로도 다른 교회를 다니는 신도들보다 생명수를 한 컵 정도는 더 얻어 마실 수 있을 것 같았다.

그러나 그 가파르고 긴 계단을 다 올라갔을 때, 나는 뜻하지 않은 장애물과 맞부딪쳤다. 높은 담벼락과 철대문이 나의 앞을 가로막고 있었던 것이다. 담벼락은 도저히 기어오를 엄두도 못 낼 만큼 높았으며, 철대문은 감옥의 그것처럼 굵고 곧은 쇠막대로 튼튼하게 만들어진 것이었다. 손을 넣고 더듬어보니 빗장에는 커다란 자물쇠까지 매달려 있었다.

　나는 두 손으로 쇠막대를 잡고 힘껏 뒤흔들어보았다. 몸
부림치며 몇 번이고 힘껏 뒤흔들어보았다. 그러나 아무 소
용도 없는 일이었다. 나는 그만 그 자리에 털썩 주저앉아버
렸다. 그리고 오래도록 웅크린 채 일어나지 않았다.

　나는 마침내 울고 있었다.

2

하루 종일 몰매를 맞고 사글세 이천오백 원짜리 내 자취방으로 돌아가면 나는 참혹해진다. 어디선가 밤 열 시 종합뉴스를 방송하는 경상도식 억양의 현장 취재기자의 목소리가 들린다. 나는 또 하루치를 죽어주었구나 하고 생각한다. 하루를 보내었다는 것은 하루를 더 죽였다는 얘기다. 삶이 하루치 소모되었다는 얘기다. 현실은 언제나 엉망진창이다. 내가 타협하지 않으면 않을수록 몰매는 심해진다.

현실이나 충성스럽게 보필해 주는 사람들이 나와 똑같은 분량의 인권과 존엄성을 가지고 있다는 이론에 나는 왜 치욕을 느끼는 것일까.

3

그동안 이 세상에서 내가 하려고 했던 일은 왜 그렇게도 꼬이기만 했었는지, 마치 귀신이 훼방이라도 놓는 것 같았다. 취직도 연애도 장사도 모조리 실패뿐이었다. 받을 것은 하나 없고 갚을 것만 늘어갔다. 날마다 죽고 싶은 심정이었다. 그러나 아직까지는 자살이라는 말이 실감나지가 않았다. 나는 아직도 살아 있는 나 자신이 뻔뻔스럽다는 사실 때문에 수시로 극심한 자기혐오에 빠져들지 않을 수 없었다.

4

참 개 같은 삶이여!

5

늦은 밤 문득 출출하여 포장마차로 발길을 옮기면 불빛에 어른거리는 몇 사람의 선량한 그림자, 사는 일이 어디 뜻대로만 되는 것이냐고, 더러는 서로를 위로하는 말소리가 도란도란 들리고, 때로는 누가 실연이라도 했는가. 잊어버려, 잊어버려, 사랑도 잊어버려, 취한 목소리로 술잔을 권하는 소리. 안으로 들어서면 청명한 카바이드 불빛 한 송이, 연탄불은 벌겋게 달아 있고 어묵 국물을 덥히는 양은 솥에서는 허연 김이 풍성하게 피어오르고 있는데, 지금 이 시간 요정에서 여자의 허벅지를 주무르며 개기름 흐르는 얼굴로 양주를 마시고 있는 사람들이여, 이러한 낭만을 아느냐, 나는 문득 가난이 눈물겹고 정답다는 생각을 하곤 하였다.

6

정말 거지 같은 서울이라고 아니할 수가 없다. 여관에서도 술집에서도 울화통이 터져서 못 견디겠다. 살아남기 위해서는 무조건 인정도 볼 것 없고 사정도 볼 것 없다고 자손대대로 철저하게 교육을 받은 사람들 같다.

간판마다 친절본위라고 써놓았지만 뭐가 친절본위냐. 손님은 왕이 아니라 똥이다. 오직 주인만이 왕일 뿐이다. 뜯어먹을 살 다 뜯어먹고 빨아먹을 피 다 빨아먹고 나중에는 뼈까지도 푹푹 삶아서 우려낼 수 있는 데까지 최대한으로 우려낸다. 그리고 빨래처럼 비틀어 짠다. 단 한 방울도 남김없이.

항의를 해서는 안 된다. 항의를 하면 저쪽에서 오히려 이쪽을 의아한 눈초리로 쳐다본다. 당연한 걸 가지고 왜 말이 많으냐는 식이다. 똥인 주제에 감히 누구에게 따지려 드느냐는 식이다. 경멸의 눈초리까지 던지는 수가 허다하다.

서울에 갔다가 집에 돌아오면 항시 무엇인가를 도둑맞은 듯한 기분이 든다. 그러나 그 무엇인가는 결코 돈은 아니다. 나는 서울만 갔다 하면 나 자신까지도 어느새 도둑맞아버리고 마는 것이다.

정말 거지 같은 서울이라고 아니할 수 없다.

7

감사합니다. 저는 평생 소원이 구두닦이였습니다. 만약
제가 구두닦이만 될 수 있다면 이 세상에서 제가 제일 혐
오감을 느끼는 사람의 구두를 첫 번째로 닦아주리라 늘
생각하고 있었습니다.

자, 선생님 구두를 벗어주시지요. 저의 첫 번째 손님으
로서.

8

인생은 도박이라는 말이 있다. 그러나 그건 멋있는 말이
기는 하지만 진리는 아니다. 도박을 할 때만큼 뼛속까지 녹
아들 정도로 진지하게 인생을 살아본 사람은 이 세상에
그 아무도 없을 것이기 때문이다.

9

신은 기어코 나를 버렸다.

어제 나는 그녀를 땅에 묻었다. 내 힘이며 눈물이며 꽃이었던 그녀의 이름도 땅에 묻었다. 그녀와 함께 나누었던 모든 것을 땅에 묻었다. 지금 내 심정을 어떻게 표현할 수 있을까. 다만 캄캄한 어둠 속에 홀로 떨어져 나와 비어가는 가슴을, 이 미칠 것 같은 공허를 몸부림치고 있을 뿐이다.

10

잠으로 허비하는 시간이 아까워서 날마다 버틸 대로 버티다 아침이 되어서야 쓰러져 잠이 든다. 공부도 변변치 못한데 세상까지 어수선해서 일이 제대로 손에 잡히지 않는다. 세상을 바로잡는 데 아무런 보탬도 되지 못한다는 사실이 마냥 부끄럽기만 하다.

11

대개의 사람들이 메마른 가슴으로 거리에 나와 있었다. 어떤 사람들은 극도로 메말라서 가뭄기의 논바닥처럼 가슴이 갈라져 있기도 했다. 또 어떤 사람들은 거기다 철조망까지 쳐놓은 것도 보였다. 아무리 자신의 가슴을 드러내 보이지 않으려고 위장을 해도 내 눈에는 훤히 들여다보였다.

12

아침에 갈 데가 마땅치 않아 영화관엘 들어갔다. 제목이 무엇인지도 모르는 한국영화였다.

처음부터 끝까지 화면 전체가 온통 총소리뿐이었다. 총소리 때문에 골이 다 욱씬거릴 지경이었다. 인간애고 뭐고 따질 거 없이 무조건 많이 죽이고 이겨버리기만 하면 그저 관객들이 신나하는 줄로 아는 모양이었다.

주인공은 또 어찌나 기막힌 솜씨를 가지고 있었던지. 타타타타탕, 총소리는 세어보니 꼭 다섯 방이었는데 쓰러지는 적들은 모두 일곱이었다.

13

이제부터는 본격적으로 나는 신뢰하지 않을 것이다. 당신들이 신뢰하는 모든 것을 신뢰하지 않을 것이다. 그러나 한 가지만은 신뢰할 것이다. 허공이라는 것. 내가 알고 있는 허공의 모든 것을 철저하게 신뢰할 것이다.

14

지독한 눈보라였다. 바람이 허연 머리카락을 풀어헤치고 다리 위를 질주하고 있었으며 수은등 주변으로는 눈발들이 빠르게 빗금을 그으면서 스쳐가고 있었다.

어디로 가면 따스한 밥 한 끼를 얻어먹을 수 있을까.

15

석 달 치나 밀린 방세, 구멍가게의 외상값, 독촉, 구해지지 않는 취직자리, 주위 사람들의 비웃음, 막막한 장래, 잦은 부부 싸움, 끝없는 방황, 겹치는 액운, 어제도 가난했었으며 오늘도 가난하며 영원히 가난하리라는 생각, 모든 치욕과 외로움을 참으며 글을 쓰던 일, 한 편도 완성해 보지 못하고 좌절만 거듭했던 나날.

16

나는 아직 자전거를 탈 줄 모른다. 헤엄도 칠 줄 모른다. 만약 나를 죽이고 싶은 사람이 있다면 수심 일 미터 육십팔 센티 이상의 물속에 처박아 넣어주기 바란다.

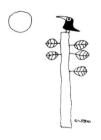

17

그 잘난 놈의 학문과 권위와 명예와 엄숙.

18

혼자 사는 남자의 가난한 방, 길고 지루한 겨울이 끝났을 때, 그의 외로운 책상 위에는 한 권의 시집이 놓여 있고, 그는 무슨 일로 밤마다 잠 못 들고 뒤치었을까, 방바닥에는 수많은 파지들이 널려 있다. 거기 보이는 한 줄의 고백, 주여 내가 바람의 마음을 알게 하소서, 그러나 이제는 그 번민의 밤마다 함께 잠 못 들던 바람은 가고, 눈썹 언저리에 묻어오는 자디잔 햇빛의 그림자들, 그 속에 나는 단 하나의 보이지 않는 먼지가 되어 바람의 마음을 전해 주리라.

19

　그 겨울에 내게 던져진 환경이라는 건 숫제 찌그러진 개밥그릇 같은 것이었다. 아니다. 그 겨울에만 그랬던 것은 아니다. 사실 따지고 보면 나는 태어나기를 아예 찌그러진 개밥그릇 속에서 태어났다고 해야 옳을 것이다.

20

　나는 지금 절감하고 있었다. 그 무엇에겐가 버림받았다는 사실에 대해서, 그러나 버림받은 것이 나 자신뿐만은 아닌 줄도 잘 알고 있었다. 우리들 젊음이 버림받고, 우리들 슬기가 버림받고, 우리들 과거가 버림받고, 우리들 미래가 버림받고, 버림받고, 버림받고, 버림받았다는 것을.

21

오늘은 종일토록 비가 내렸다. 당신은 이해할 수 있는가. 저 문명의 거리에서 시달리며 내가 보낸 나날, 소설이고 나발이고 집어치우고 막걸리 국물로 얼룩진 작업복을 걸친 채 비틀거리며 살아온 나날, 내가 경영한 자학이며 방황이며 빌어먹을 울분들을.

22

내 서른두 개의 이 중 어금니 네 개는 치과병원 쓰레기통에다 내버린 지 오래다.

23

하루 종일 노트들을 뒤적거려보았다.

내 노트 속에서 수없는 소설 나부랭이들이 꿈틀거리다가는 기진해서 나자빠지는 모습이 보였다. 봄이 되면 무엇을 좀 끄적거릴 수 있을지도 모르겠다고 생각했었는데 잘 되어질는지.

저 어둡던 겨울, 전에 없이 잦은 눈이 내리고, 나는 그 눈 속에서 굶주림을 견디는 일 하나로만 살아왔었다. 때로는 혹한의 바람이 불고, 밤이면 무시로 내 살 속을 파고드는 자살에의 충동, 눈물겨워라. 나는 아직도 살아 있구나.

그러나 내 삶 속의 그 무엇이 기대할 만하여 나는 자살하지 않고 아직까지 살아 있는가.

노트 속에 있는 글자들을 읽으면 한결같이 치기만 가득하고 이것이야말로 진정한 문학에의 씨앗이다, 라고 느껴지는 것은 단 한 줄도 없다. 나는 그것들을 모두 양지바른 곳에다 내다 놓고 잘게 찢었다. 그리고 성냥을 그어서는 조금씩 조금씩 태워나갔다.

노트는 라면 상자 하나가 꼭 찰 정도였는데 다 태워도 재는 라면 열 그릇의 분량밖에 안 되는 것 같았다.

그동안 저 아니꼬운 세상과는 타협하지 않고 살겠다는 생각이었지만 나는 벌써 몇 번이나 타협을 했다. 내딴에는 타협이 아니라고 변명해 보지만 엄밀한 의미에서는 모두가 타협이었다.

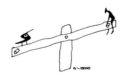

24

날마다 마른 헝겊을 질겅질겅 씹는 듯한 맛대가리 없는
생활.

25

석사동.

싱싱한 욕지거리와 건강한 저주와 악의 없는 반어법들
이 범람하면서 밤과 낮을 가리지 않고 술잔들이 오고가던
곳. 죽어나간 성욕의 거리. 낮술을 마시며 이제 나는 아무
것도 사랑할 수 없음을 비로소 알았다.

26

휴교령은 풀리지 않고 그대로 방학기간으로까지 연결되어지고 있었다. 차츰 날씨는 무더워져 가고 있었으며 며칠 동안 비 한 방울 내리지 않고 있었다.

우리는 밤이면 한자리에 모여 이런 저런 푸념이나 늘어 놓다가 판돈 없는 빈 화투나 쳐보다가 자정이 거의 다 되어서야 각자 자기 방으로들 흩어져가곤 했다.

몇 날 몇 밤을 새우면서 입술이 허옇게 부르트도록 책과 씨름을 하고 새벽이면 다시 코피를 닦으며 도서관으로 달려가 눈에 불을 켜고 하루를 보내던 재수생 시절, 그 견딜 수 없는 불안과 초조 끝에 우리가 따낸 이 대학 배지가 과연 얼마나 남들에게 값진 것으로 보여질 것인가.

밤이면 어디선가 날벌레들이 수없이 날아와서 형광등
주변으로 모여들었다. 그것들은 땅바닥이며 벽이며 책상
위에도 극성스럽게 달라 붙어 스물스물 기어다니곤 했다.
그러다가 어느새 살갗이며 머리카락 속에까지 파고들어와
역시 스물스물 기어다니거나 조금씩 세포와 뇌신경 등을
쏠아 먹기도 했다. 저녁이면 가끔 보건소 방역차가 희뿌옇
게 살충제를 분무하며 거리를 누비고 다니는 광경도 볼 수
가 있었다.

며칠 전에는 이 도시에서 발행되는 신문 사회면을 통해
두 명의 시민이 진성 뇌염으로 병원에 입원 가료 중 아깝게
도 그만 목숨을 잃고 말았다는 기사까지 보도되어 졌었다.
그러나 시민들 사이에는 아무런 동요도 일어나지 않았다.
모든 것은 정지 상태 그대로였다. 도시 전체에 권태감이 회

백색 화산재처럼 두텁고 무겁게 덮여 있었다. 바람조차도
불지 않았다.

28

지탄받고 돌아온 날 밤부터 사흘 동안 나는 심하게 앓았습니다. 앓으면서도 극렬하게 세상에 대한 염증을 느끼고 있었습니다. 나는 증오해 주리라 마음먹고 있었습니다. 그들 모두를 철저하게 증오해 주리라 마음먹고 있었습니다.

나는 사실 지금까지 물에 빠져 떠내려가고 있던 익사자였습니다. 아무 지푸라기든 붙잡을 수만 있다면 붙잡을 심산이었습니다. 하지만 그들은 자꾸만 나를 물속으로 차넣는 일에만 열중해 있었습니다.

29

굶주림이란 정말로 몸서리쳐져서 사람들이 보지 않는 곳에서는 길바닥에 굴러다니는 돌멩이조차 문득 버려진 떡으로까지 보인 적도 있었다.

30

세상을 살아가는 데는 우선 여러 가지의 욕망과 그것을 성취하기 위한 어느 정도의 야비성이 필요한 법이다. 순박하고 정직하며 가난하고 선량해서는 안 되는 법이다.

더러는 형편을 봐서 재빠른 새치기도 할 수 있어야 하고, 적당한 사기도 칠 줄 알아야 하며, 악착같이 돈을 모으고, 땅을 사고, 빌딩을 짓고, 망할, 그러기 위해서는 때때로 타인을 잡아먹을 수 있는 힘과 전술도 가지고 있어야 하는 것이다. 겸손 따위는 이제 구시대의 유물이 되었다. 도덕과 양심 같은 건 껍질뿐이다.

법관도, 의사도, 교육자도, 예술가도, 성직자도, 거지도 거의가 타락해 있다. 그 정도쯤 나도 이제는 충분히 알 수가 있다. 그런데도 대부분이 타락해 있다고 시인하지는 않는다. 하지만 그것을 시인하지 않는다 하더라도 이상하게 생각할 사람은 별로 없다. 오히려 이제는 양심적인 사람일수록 바보 취급을 받게 되었다. 그리고 그것을 한탄하는 사람일수록 더더욱 바보 취급을 받게 되었다.

나는 바보 취급을 받을 수 있는 요소들을 너무 많이 소유하고 있는 것이다. 내가 소유하고 있는 그 요소들은 이 현실세계 속에서는 결코 장점이 될 수 없다. 그것은 한결같이 단점만 될 수 있을 뿐이다. 염병할 노릇이 아니고 무엇인가.

31

봄밤에 내리는 빗소리를 듣는다.
혼자 듣는 것이 왠지 억울하다.

32

떠나고 싶다.
차라리 저 우주의 무한 공간의 궤도 속에서 실종당한 한 명의 우주인처럼 무중력 무기력 무의식 속에서 영원한 미아가 되어 떠돌고 싶다.

33

아침에 잠을 깨면 뭐하나, 라디오를 틀면 뭐하나, 화장실엘 갔다 오면 뭐하나, 세수를 하면 뭐하나, 밥을 먹으면 뭐하나, 뭐하나라고 생각하면 뭐하나, 뭐하나라고 생각하면 뭐하나를 생각하면 뭐하나, 뭐하나라고 생각하면 뭐하나를 생각하면 뭐……. 그런 식으로 모든 것이 시시껄렁하게만 생각되었습니다.

더이상 살아갈 필요가 있을까. 한평생을 살아보아도 제 뜻대로 되는 일이 하나도 없을 것은 뻔한 이치고 혹시 몇 번 정도는 기쁜 일이나 행복한 일이 일어날지도 모르겠지만 결코 그것도 영원할 수는 없는 것이며, 다시 괴로움만 반복될 것 같았습니다. 남들처럼 결혼해서 애 낳고 돈벌이에 혈안이 되어 낭만 따윈 까마득히 잊어버린 채 살다가 차츰 나이가 들어 어느새 말씨도 행동도 천박해지고, 게다가 속물에서 더 속물로 전락해서는, 겨우 먹고사는 일 하나밖에는 신경 쓸 수가 없고, 밤에 일기 몇 줄 간추리는 일조차도 귀찮아지면 차츰 연속극 따위에나 재미를 붙이다가, 주름살 투성이의 영감탱이가 되고, 틀니를 하고, 노망이 들고, 대소변도 못 가리고, 결국은 장성한 아이들한테 눈칫밥을 얻어먹다가 노망 중에도 서러운 생각이 들어 한겨울 집에서 나와 길바닥을 헤맨 끝에 어느 혹한의 바람 휘몰아치는 밤, 남의 집 쓰레기통 옆에서 웅크린 채 얼어 죽으리라는 생각, 부질없음, 인생에 대한 회의, 그런 것들이 자꾸만 떠오르곤 해서 아무리 제 자신의 삶에 희망을 부여해 보려고 해도 도대체 희망이 되어줄 만한 건더기라곤 없었습니다.

34

될 수 있는 대로 빨리 인간이라는 것을 탈피해야겠다.

35

　새벽부터 비가 내렸습니다. 잠결에 빗소리를 듣고 오늘은 일요일인데 비가 내리는구나. 하루 종일 외롭겠다라는 생각을 했습니다.

　이런 날 저는 염세관이 깊어져서 툭하면 약방에 들러 수면제를 사 모으곤 했었습니다. 이제 수면제는 제 책상 서랍 속에 수북하게 쌓였습니다. 그러나 지금까지 제가 수면제를 가장 많이 먹어본 것은 겨우 여덟 알 정도입니다. 하루 낮 하루 밤을 꼬박 잠만 자고 일어났습니다. 제게 있어서는 사는 일도 죽는 일도 통 자신이 없습니다.

36

밥을 먹어야 살 수 있다는 것이 내가 하나님을 미워하게 된 이유 중의 하나로 들어갑니다. 무릇 음식이란 먹어도 살고 안 먹어도 살 수 있는 것이어야 합니다.

먹으면 즐겁고 안 먹으면 그래도 그만인 세상, 얼마나 좋겠습니까. 인생이란 정말 더럽고 치사한 것들만의 연속이라는 생각이 들면서 나는 갑자기 풍덩 물속으로 뛰어들어버리고 싶은 충동을 느낍니다. 모든 것이 타의에 의해서 만들어지고 있으면서도 그 타의라는 것. 또한 타의에 의한 것이어서 거슬러올라가면 인간의 발생부터가 더럽고 치사한 것에 뿌리를 내리고 있는 듯한 기분이 듭니다.

37

굶고 살았다는 것이 무슨 자랑이며 굶어야만 글이 나온다는 것이 어느 나라의 저주스러운 법률인가.

38

이제 우리가 보는 세상은 아무런 변화도 없다.

감동도 없다.

그저 사어(死語)들만 살아서 꼬물꼬물 기어 다니는

황폐함뿐의 일상

우리들의 일기장은 무슨 이유로 이렇게

건조해져 버렸을까.

39

저 흉악한 바깥세상하고는 상종도 하고 싶지 않습니다.

학자는 학자답지 않고, 성직자도 성직자답지 않으며, 심지어는 거지조차도 거지답지 않습니다. 인간미라곤 한 푼어치도 없고 자기 합리화에만 급급합니다. 이론으로는 모두들 휘황찬란한데 뚜껑만 열면 악취가 풍깁니다. 한마디로 위선과 가면뿐입니다.

그것은 아마도 햇빛 때문일 것 같았습니다. 햇빛이 너무 깨끗하고 아름다운 분위기로 사방에 젖어 있었던 것입니다. 가을날의 이러한 햇빛은 제게 있어서는 까닭도 없는 슬픔이 됩니다.

저는 그 햇빛을 보는 순간 울고 싶다는 생각을 했었고 그 생각은 순간적으로 저를 견딜 수 없는 외로움에 젖어들도록 만들고 있었습니다.

40

저는 공교롭게도 감기에 걸려서 사흘씩이나 앓아눕게 되었습니다. 유행성 독감이었습니다. 정말로 지독했습니다. 열이 심하게 오르고 목구멍이 부어오르면서 쉴 새 없이 콧물이 흘러내리곤 했습니다.

그 사흘 동안 저는 아무것도 먹지 못했습니다. 가만히 누워 어지러운 이마를 제 손으로 짚으면서 수시로 독감만큼 사람을 외로운 분위기에 젖어들게 하는 병도 드물 거라는 생각을 했었습니다.

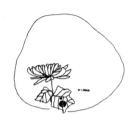

41

　이제 세상은 너무 삭막해져 있습니다. 허술한 싸리 울타리 하나를 사이에 두고 팥죽 한 그릇만 쑤어도 가득한 인정을 담아 보내던 우리네 정서는 간 곳 없고 양철대문에 초인종에 콘크리트 담벼락에 유리 조각. 어쩌다 이렇게까지 무서워졌는지 모르겠습니다. 길손이 들어와 밥을 청하면 비록 가난은 하여도 나누어 먹는 것을 당연지사로 알았고 좀 있는 집안이라면 사랑채에 며칠씩 묵어가도 내 집 손님이라는 생각 하나로 정성껏 모시곤 했었다는데, 빌어먹을 요즘은 어떻습니까.

　찾아온 사람이 일어설 때까지 밥을 안 먹을 정도로 인색한 사람들이 있는가 하면 낯선 사람이 잠을 좀 재워 달라고 하면 완전히 정신병자로 취급하는 세상이 되어버렸습니다.

남들이야 어찌되었건 나 하나만 잘 살면 그만이라는 생각뿐입니다. 봄에 찔레나무를 토막 내어 장미 묘목이라고 속여 파는 놈, 십 분만 가지고 놀면 아주 못쓰게 망가져버리는 장난감, 다량으로 횟가루를 섞어서 만든 두부, 유원지의 바가지, 친구의 마누라를 강간한 놈, 자기의 부모에게 주먹을 휘두르는 놈, 어린애를 유괴해서 죽이는 놈, 각종 폐기물이나 유독성 화합 물질이 무제한 방출되는 공장, 그 공장의 사장, 그 공장의 사장 놈이 주무르는 딸 같은 여자의 허벅지. 돈을 벌기 위해서는 무슨 일이든 할 수 있다고, 양심 따윈 똥통에 집어던진 지 오래라고 생각하는 사람들. 우리는 그런 사람들 속에 살고 있습니다.

42

술은 계속되고 있었습니다. 어느 남자는 자꾸만 울고 있었고 어느 남자는 자꾸만 금지곡을 부르고 있었으며 또 어느 남자는 잠들어 있었습니다. 나머지는 열심히 설득하느라고 여념이 없는 눈치들이 역력했습니다. 세계의 모든 시인들 이름이 동원되고, 세계의 모든 철학자들 이름이 동원되고, 심지어는 전지전능하신 하나님까지 동원되어도 여자쪽에서 무표정해지면 남자들은 일단 목을 한번 축이고 영화배우나 유행가수를 동원해서라도 상대와의 일치점을 찾으려고 노력하는 것 같았습니다.

새벽까지 우리는 술을 마시면서 이야기를 했습니다. 썩을 놈의 문명, 아름다운 자연, 엿 같은 중생, 지랄 같은 세상사 등이 주제가 되었습니다.

그리고 재확인한 결론 역시 우리가 별 볼 일 없는 존재라는 사실 하나뿐이었습니다. 우리의 나약한 힘으로는 썩을 놈의 문명도 엿 같은 중생도 지랄 같은 세상사도 어찌할 수가 없었습니다. 우리가 대학을 졸업한다고 하더라도 그것만은 변함이 없을 것 같았습니다. 오히려 우리는 점차 속물이 되어서 마침내는 썩을 놈의 문명에 발목을 붙잡히고 엿 같은 중생이 되어 속물적으로 살다가 지랄 같은 세상사를 더욱 지랄 같게 만들고야 말지도 모릅니다.

43

나는 마침내 생의 벼랑 끝에 당도해 있는 자신을 확연히 의식하기 시작했다. 도대체 무엇을 바라고 이토록 구역질 나는 목숨을 부지하며 살아가고 있었던가. 희망이라곤 전혀 보이지 않는 장래를 간직한 채 비굴하게 전전긍긍하느니 떳떳한 방법으로 자살하는 것이 어떻겠는가. 나는 하루에도 몇 번씩이나 번민했다.

그러나 여기서 죽는 것은 더욱 비굴하다. 자살은 결국 패배자가 내미는 최후의 이기주의적 자기합리화다. 나는 어떻게 해서든 살아봐야겠다는 판단을 내렸다. 그 시절 나의 삶이란 자신에 대한 빚, 그 자체였었다. 나는 얼마간이라도 그 빚을 떳떳하게 청산하고 싶었다.

이 세상 모든 것들아, 잠들지 마라

1

칼로써 흥한 자는 칼로써 망한다. 그러나 돈으로 흥한 자는 결코 돈으로써 망하지 않는다. 불쾌한 일이다.

2

원수 같은 돈이나 벌까. 모든 것이 오물로 변해가는 이 시대에 나 혼자 도는 닦아서 무엇을 하겠다는 것이냐. 차라리 나도 오물이나 되는 것이 속 편하지 않느냐. 하루에도 몇십 번씩 사람이 못 견디게 그리워지고, 하루에도 몇십 번씩 내 삶의 노를 꺾어 던지고 싶은 아 각박 살벌한 도시의 생활.

3

연습을 하자.
인생의 전부가 연습이 아니던가.
다시 엎드리는 연습을 하자 그다음 기는 연습
그다음 걷는 연습
그다음 다시 뛰는 연습
그리고 마침내는 모든 것을 다시 지우고
되돌아가는 연습을 하자.
그리하여 우리들의 모든 것이 깊이 묻히고
언제든 우리가 흙이 되는 그 때에
우리들의 영혼이 이 땅에 남아 모든 돌이며
풀이며
별과 꿈의 향기를 그윽히 할 때까지.

4

배부른 사람들은 배고픈 사람들에게 말한다. 아무래도 게으르거나 머리를 쓰지 못했기 때문이라고.

배고픈 사람들은 배부른 사람들에게 말한다. 아무래도 운이 좋았거나 부당한 방법을 썼기 때문이라고.

그러나 아무래도 좋다. 어차피 그들은 결국 공평하게 죽기 마련이다.

5

지난밤에 비행기 추락사고가 보도된 것을 보고 그 잘나 빠진 과학자라는 놈들이 왜 후진을 할 수 있는 비행기를 못 만들었을까 하는 생각을 가져보았다.

6

먹고 산다는 일은 먹고 죽는다는 일과 똑같은 성질을 가
진 노동이다.

7

우리에게 영혼이라는 것이 있어, 언젠가는 필연적으로 육
신을 버리게 되고, 후생에서는 오직 영혼만으로 아무런 고
통 없이 살아갈 수가 있다는 것은 얼마나 크나큰 위안인가.

8

낚시는 우리에게 우리가 자연으로부터 왔음을 알게 해준다. 우리가 자연 속에 몸을 담기만 하면 마음이 유쾌해지는 이유는 무엇인가. 자연이 한없이 그리워지는 이유는 무엇인가. 우리가 자연으로부터 왔기 때문이다.

우리는 그 자연 속에 앉아서 우리의 정신과 영혼을 되찾아야 한다. 따라서 낚싯대를 드리운 바로 그 자리가 도를 보는 자리가 된다.

도를 볼 수는 없다고 하더라도 도에 가까이 접근하려는 자리 정도는 되어야 한다.

굳이 물고기를 잡는 것을 목적으로 삼는다면 차라리 원양어선을 타는 것이 좋으리라.

소양호는 산 뒤에 물이 있고 물 뒤에 산이 있다. 산속에 물이 있고 물속에 산이 있다.

그 속에 앉으면 어찌 물고기 몇 마리에 연연해하랴. 보이는 모든 것을 낚으면 그만이다. 그리하여 돌아가는 길에는 세파에 찌들은 자기 자신을 자연 속에 방생한 모습을 보면 그만이다.

9

우리는 그동안 얼마나 많은 낱말들을 암장하며 살았던가.

돈을 벌어라. 아버지를 닮아라. 너는 아직도 어린애다. 좀 더 비정하게 살아가는 방법을 배우려고 노력하라. 네가 대학에서 배운 바람직한 인간은 조금도 현실에 맞지 않는다고 생각토록 노력해라. 출세를 위해서는 더러 양심도 팔아 넘겨야 할 때가 많은 법이다. 다들 그렇게 살고 있다. 그런데도 혼자 결백한 체했다가는 오히려 너만 손해다 ― 그러나 나는 끝끝내 결백하고 싶었다.

10

　삶의 문제란 마시고 입고 잠자고 또는 섹스를 즐기는 것
만으로는 끝나지 않는다. 정신적인 문제라든가 육체적인 문
제를 안고 개인적으로든 사회적으로든 끊임없이 갈등을 느
끼며 살아야 하는 것이 모든 생명체의 숙명이다. 그중에서
도 인간은 가장 갈등이 많은 동물이다.

11

나는 몇 달 전까지만 해도 어느 사립 고등학교에서 세계사를 가르치고 있었습니다. 하지만 학생들은 내게서 세계사를 배우지는 않았습니다. 오직 시험 잘 치는 법만 배웠을 뿐입니다.

12

가난뱅이가 돈을 벌지 못하는 이유가 바로 돈을 원수처럼 생각하기 때문이다.

13

　문명은, 우리에게 있었던 모든 추억들을, 소독한다는 명목으로 오히려 독살시켜 가고 있었던 것이다.

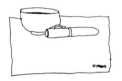

14

이미 사람들은 어떤 제도에 불평하고 대항하는 것보다는 적당히 자기 자신을 재단하여 그 제도의 옷이 되어주는 것이 한결 이롭다는 사실을 잘 알고 있는 듯한 표정이다.

15

이 시대의 과학이야말로 이 시대의 바보들이 만들어낸 인류 최고의 진부한 미신이며 지상 최대의 굿거리다.

그것은 지금 인류평화를 빙자하여 인류멸망을 재촉하는 데 무엇보다도 앞장서 있다.

16

남에게 최면을 걸려면 우선 자기 자신부터 최면에 걸려 있어야 한다.

17

공상은 참으로 오묘하다.

혹자는 공상이 비현실적이고 비생산적이며 지극히 허무맹랑한 유희에 불과하다는 이유에서, 의식적으로 그것에 천착하는 것을 회피해 버릴는지도 모른다. 또 혹자는 복잡다단한 생활의 틈바구니에서 허겁지겁 쫓겨다니느라 미처 공상 따위에 시간을 할애할 마음의 여유조차 없는지도 모른다.

하지만 공상이란 결코 허무맹랑하거나 비생산적이거나 비현실적인 것은 아니다. 인간이 공상할 수 있는 것은 모두 실현할 수가 있다는 것이 나의 신념이다. 극단적으로 말해서 공상이야말로 창조의 어머니며 발전의 실마리다. 공상이 없다면 아무것도 창조되지 않으며 아무것도 발전되지 않는다.

18

빈대떡에 케첩을 발라 먹는다고 해서 당장 미국인처럼
보여지는 것은 아니다.

19

사람들은 애인과, 또는 남편과, 친구와, 아니면 단체로 역
사적인 장소에 다녀감을 기념하여 사진을 찍었을 것이다.
기념할 만한 것이 있다면 기념하라. 태어난 지 백 일이 되
는 날의 고추를 기념하고, 태어난 지 일 년이 되는 날의 잔
칫상을 기념하고, 성년이 되어 노력 끝에 올린 결혼식, 그
날의 아스파라거스를 기념하고, 주름살 가득한 얼굴로 맞
이한 환갑날의 웃음, 그 때 맏아들이 사준 튼튼한 틀니를
기념하라. 그리고 마침내 그대가 땅에 묻힐 때 누군가 그대
의 묘비에 그대의 일생을 글 몇 줄로 기념할지니.

20

　인간은 과연 만물의 영장일까 아니면 만물의 영장이고
싶은 것일까.

21

삶에 대한 절망 없이 삶에 대한 사랑은 있을 수 없다. 이방인의 작가 카뮈의 말이다. 그 말이 맞다면 내 삶에 대한 사랑은 거의 무한대에 가깝다. 특히 대한민국에서 젊음의 전부를 통째로 유기한 채 살아본 사람이라면 의심치 않으리라 확신한다.

22

미안한 줄을 모르면 고마운 줄도 모른다. 그래서 반성 따위를 기대해도 아무 소용이 없다. 반성 따위를 기대해도 아무 소용이 없다는 말은 발전 따위를 그대해도 아무 소용이 없다는 말과 같다. 개인도 단체도 정부도 마찬가지다.

23

어디선가 읽은 이야긴데, 어느 무신론자가 목사님에게 당신은 하나님을 보았느냐고 따져 물은 적이 있다고 한다. 그때 그 목사님은 하나님을 보여주겠노라면서 어둡고 찌들은 빈민가로 그를 데리고 갔었던 모양이었다.

보시오, 저들이 다 하나님의 모습이요.

목사님은 가난한 사람들의 모습들을 가리키며 그렇게 말했다는 거였다.

얼마나 명쾌한 가르침인가.

천사 또한 그와 마찬가지다. 우리가 마음의 눈이 트이면 어디에서든 하나님의 모습을 발견할 수 있듯이 천사들의 모습 또한 그 어디에서고 발견할 수가 있을 것이다.

그대의 마음가짐에 따라 스스로가 천사를 그대 가슴 안에 간직할 수도 있고 그대 자신 또한 천사가 될 수도 있을 것이다. 아무리 하찮아 보이는 사람일지라도 하찮게 보지 말라. 그가 바로 하나님의 명령을 받들고 사람의 세상에 내려온 사자, 곧 천사인 줄 누가 알랴. 우리들의 일상 속에서 몇백 번이고 천사를 만났으면서도 우리가 마음의 눈이 멀고 귀가 멀어 그를 알아보지 못했는지 누가 알랴. 요즈음은 세상사 모든 일이 다 심상치가 않거니 저 높은 곳에서 필시 하나님이 내려다보고 계시다가 그대가 마음으로 뿌린 씨앗을 그대 마음의 양식이 되게 하시리라.

24

누구든 산속에서는 산이 잘 보이지 않는 법이다.

하지만 산 밖에서도 산을 전혀 보지 못하는 사람도 있다.

25

"버스가 왜 안 올까."

"곧 오겠지 뭐."

"하지만 다른 때보다는 한결 늦어지는데 혹시 무슨 사고 라도 생긴 건 아닐까."

"운전수가 건망증이 심해서 버스를 타고 와야 하는 걸 깜박 잊어버리고 걸어서 이리로 오고 있는지도 몰라."

"그 정도라면 오다가 왜 오고 있었는지를 몰라 그 자리에 가만히 서서 한참 동안 기억을 되살리고 있는 중일 거야."

26

만약 남을 욕할 일이 생겼을 경우에는 우선 입장부터 바꾸어놓고 생각해 볼 일이다. 한참 동안 욕을 하면서, 그건 바로 그런 경우에 처해 있는 자신을 욕하고 있음을 문득 깨달을 수 있어야 한다.

인생이란 예측을 불허하는 것이어서 살다 보면 당신도 어느 때 어떤 상황에 처하게 될는지 도무지 알 수가 없는 법이다. 당신 자신이 그런 경우를 당하지는 않는다고 하더라도 혹시 당신의 아들이나 친척 중의 누군가가 그런 경우를 당하게 될는지도 모른다.

특히 프로권투 세계 타이틀매치를 가지게 되면 사람들은 지대한 관심을 가지고 텔레비전을 시청하는데, 만약 우리나라 선수가 두들겨 맞기만 하다가 지는 경우에는 거액을 놓고 도박을 걸지 않은 사람들까지 온통 흥분을 해서

병신 같은 자식이니 멍청한 자식이니 하는 욕설들을 퍼붓는다.

나는 그런 소리를 들을 때마다 약간은 귀에 거슬린다는 느낌을 받는다. 되도록이면 한 번쯤 입장을 바꾸어놓고 생각해 볼 필요가 있다는 생각 때문이다.

그러나 내가 아무리 입장을 바꾸어놓고 생각해도 도무지 이해할 수 없는 사람들이 있다. 그것은 바로 그 어떤 경우에도 전혀 입장을 바꾸어놓아 본 적이 없는 사람들이다.

27

별명이란 모름지기 듣는 쪽에서 우월감을 느껴서는 재미가 나지 않는 법이다.

듣는 쪽에서는 열등감을 느끼고 부르는 쪽에서는 악동 기질적인 쾌감을 느끼는 것이 별명이다.

28

인간의 내면 속에는 어떤 화력 같은 것이 언제나 잠재해 있어서 어떤 계기에 의해 불이 붙기만 하면 걷잡을 수 없이 맹렬하게 타오를 수도 있다.

29

고정관념이란 영원히 수정을 요하는 것이다. 따라서 고정관념이란 고정되어 있지 않은 관념이다. 언젠가는 수정되어져 다른 관념으로 바뀐다.

30

침묵이란 자신의 약점을 감추기에는 매우 편리한 도구 중의 하나다.

31

이 세상에는 별의별 사람들이 각양각색으로 생활하고 있는데 아무리 쓰잘 데 없는 사람같이 보인다 해도 반드시 남들과는 다른 보석을 하나쯤은 가슴에 간직하고 있는 법이다.

32

사람들은 대개 자기 자신을 위해 계획이라는 것을 치밀하게 세워놓지만 나중에는 결국 계획을 위해 자기 자신을 자신도 모르는 사이에 희생해 버리곤 한다.

33

마음대로 하기 위해 살다가 보면 한 번도 마음대로 살아보지 못하고 늙어버렸다는 것을 알게 되는 게 또한 인생이다.

34

교회는 필요 이상으로 얼굴에 희망이라는 것을 번들번
들하게 칠해가지고 사는 사람들의 집이다.

35

정의도 힘이 있어야 승리하는 법이다. 특히 오늘날은 힘
자체가 정의처럼 보인다. 비단 물리적인 힘뿐만이 아니라
권력이니 금력이니 하는 것들도 거기에 포함되어 있다.

36

대개의 사람들은 인간이 쾌락과 안식만을 위해서 살아 가는 것이라고 우기면서 생활하고 있다. 그리고 만약 다른 일을 위해서 열심히 땀 흘리는 사람을 보게 되면 쓸데없는 박애정신을 발휘해서 그 사람이 흘리는 땀의 대가가 형편 없는 것임을 이해시키려고 노력한다.

37

우리들의 이상이 아무리 절대적인 것이라 하더라도, 우리들의 투쟁이 아무리 순수하고 정의롭다 하더라도, 우리들의 밖에서 현실은 현실 스스로를 조금도 파괴당하지 않고 오히려 냉혹하게 우리들을 파괴하면서 차츰차츰 제 나름대로 형성되어 가고 있음을 먼저 알아야 한다. 분노와 용기만으로는 그 무엇도 이룩할 수 없다. 이제 우리는 분노와 용기 그 이상의 것을 가져야 하지 않겠는가.

38

과학은 수시로 경이로운 것을 만들어내기는 하지만 보다 소중한 것을 소멸시켜 버리기도 한다.

39

어른이라고 반드시 옳은 것은 아니다. 오히려 나이를 먹어갈수록 속물근성만 늘어가는 어른들도 허다하다. 자녀들을 마치 자기의 분신처럼 생각해서 날 닮아라, 날 닮아라 하는 식으로만 키우려고 드는 사람들도 적지는 않다. 특히 자신들의 경험을 통해서 얻어진 생활의 틀 속에다 자녀들을 가두어놓고 이렇게 하면 안 된다. 저렇게 하면 나쁘다고 무슨 대단한 교훈이라도 되는 것처럼 날마다 주입시키려 드는 부모들까지 있다. 그리고 그것을 자녀들에 대한 애정인 줄로 착각하면서도 그것이 착각이라는 사실조차 모르고 있다. 하지만 희망사항은 어디까지나 희망사항이지 애정은 아니다. 아무리 자녀들에 대한 근심 걱정이 지대하더라도 그것의 부피가 반드시 애정의 부피와 일치한다고 말할 수가 없다.

　고생을 많이 한 대개의 부모들은 자기의 자녀들에 대해 거의 병적인 기우들을 가지고 있는데 그것은 그들이 너무 많은 한과 눈물들을 간직하고 살아왔기 때문이며 자기의 자녀들에게만은 그것을 물려주고 싶지 않다는 생각도 적지 않다. 그리고 자녀들은 영원히 부모님들의 살아온 일들을 모르리라는 약간의 불안감도 거기에는 어느 정도 작용을 하게 된다.

　그러나 자녀들은 대체로 그러한 사실들을 어느 정도는 알고 있다. 알고 있으면서도 거기에 반항한다. 자신도 독립된 개체로서의 인간이라는 사실을 명백히 주장하고 싶기 때문이다.

　특히 요즘의 젊은이들은 어느 시대의 젊은이들보다도 기성세대들에 불만이 많은 것 같은데 아마도 그것은 기성세대들이 저질러놓은 잘못이 그만큼 크기 때문일 것이다.

40

아무도 대답치 못할 삶의 향방이여.

41

먹고사는 일 하나에 연연해서 몇 푼 안 되는 돈에다 모가지를 걸어놓고 평생을 남의 사업만 거들다가 자기 일은 하나도 못해놓고 죽는 사람들도 허다하다. 그리고 죽을 때에야 비로소 알게 된다. 껍질뿐의 인생을 살았음을.

42

우리가 건너야 할 시간의 강물은 썩고 있으며 아무런 정수제도 구할 수가 없습니다. 우리는 오염된 강물 속에서 헤엄치고 있는 기형어들에 불과한 자신을 발견합니다. 우리는 자조하듯 은어를 만들고 위로하듯 함께 웃어넘깁니다. 그리고 식인종 시리즈 따위의 끔찍한 유머가 범람하는 이 시대를 은밀한 눈으로 직시하면서 그래도 끝까지 망가지지 말자고 우리들끼리 마음으로 다짐합니다.

어떻게 살고 무엇이라 말하리

1

비록 이 세계가 모든 언어를 신용할 수 없을 지경에 이르도록 헛된 유세와 헛된 공약과 헛된 선서로써 평화를 위장하고 마침내 인간이 발하는 모든 소리들이 이제 사어에 불과하다는 생각이 들지라도 언어는 언어대로 우리 곁에 언제나 남아 있다.

믿을 수가 없는 세상, 믿을 수가 없는 말들 속에도 진정으로 우리들의 어두운 영혼에 청량한 비가 되어 내리거나 아름다운 햇빛으로 적셔지는 언어가 있다. 나는 살아가는 동안 그것들을 가닥가닥 뽑아내어 누구든지 감탄할 수 있을 정도의 비단 한 폭을 직조하고 싶다.

2

창작에 관한 모든 이론이란 언제나 창작에다 누더기를 입혀주는 것에 불과하다.

3

　사람들은 흔히 머리가 비상하면 영락없이 천재라는 단어를 갖다 붙이곤 하지만 머리가 비상하면 단지 신동이나 수재일 뿐 천재라고 할 수는 없는 것 같다.

　모름지기 천재란 시대를 앞서가는 불멸의 작품을 낳기 위해서 한 생애를 불꽃처럼 타오르다 죽어간 니진스키 같은 사람들이 아닐까. 하지만 그 어느 시대이건 그 시대는 그 시대의 천재들을 결코 천재로 오래오래 살아남아 있도록 그냥 내버려두지는 않는 것 같다. 반드시 요절을 시켜버려야만 직성이 풀리는 것 같다. 모든 천재는 결코 타의에 의해서 요절 당하지는 않는다. 다만 천재는 스스로 그 시대를 버리고 오직 자기만의 생애 속에서 자기만의 아름다운 목소리를 다스리다 초연히 떠나갈 뿐이다. 시대가 천재를 버리는 것이 아니라 천재가 시대를 버리는 것이다.

천재가 요절하게 되는 것은 결코 시대를 잘못 타고났기 때문이 아니다. 단지 그 천재가 그 시대의 너무 많은 착오들을 알고 있기 때문이다. 따라서 천재는 끊임없이 절망하고 끊임없이 연소한다.

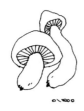

4

한 덩어리의 진흙을 가졌다고 아무나 사람을 만들어낼 수는 없는 법이다.

5

세월이 흐르는 것이 아니라 인간이 흐르는 것이다.

6

보라. 시인이란 얼마나 가난한가. 가난하지만 시인은 어디까지나 시인으로 시인 받으면서 살아갈 수가 있다.

7

　모두들 세뇌당해 있다. 문명이라는 것에 세뇌당해서 문화라는 것은 잘 모르고 있다. 안다고 하더라도 그건 거짓말이다. 참고서를 보고 왼 것에 불과하다. 문명은 외어서 해결할 수 있지만 문화는 외어서 해결할 수 없다. 문화는 느껴야 되는 것이다. 요즘 남자들은 대개 가슴이 없다. 두뇌만 있다. 콘크리트 냄새와 쇳내만 난다. 플라스틱 냄새와 가스 냄새만 난다.

8

　하지만 소설이란 별스런 것도 아니다. 이 세상 대가들의 소설을 전부 합쳐놓아도 단 한 사람의 인생만은 못하니까.

9

　예술이란 간접적으로든 직접적으로든 좀 더 인생을 깊이 체험하지 않고서는 불가능한 것이다.

10

　예술가란 일반 기능공과는 다르다. 모든 기능공들은 자신의 생활을 향상시키기 위하여 그 기능을 발휘하지만 예술가는 작품을 위해서 향상된 생활도 버릴 수가 있다. 왜냐하면 작품이라는 것이 생활보다는 더 가치 있다는 생각을 가지고 있기 때문이다. 예술가 중에는 자신의 작품을 생명과 맞바꿀 수 있다고 생각하는 사람들도 많이 있다. 생명이란 정말로 귀중한 것이다. 생명과 생명끼리도 맞바꿀 수가 없다. 그러나 예술가들은 대개 사랑과 작품 그 두 가지라면 생명과 맞바꿀 수 있다고 생각한다. 그리고 그러한 가치 있는 작품을 만드는 과정에 있어서 예술가들이 어떤 모험을 필요로 하는 것은 사실이다. 그러나 그 모험은 우연과 요행에서 획득되는 성과를 기대하는 모험이 아니라 순전히 자신의 능력으로 성과를 거둘 수 있는 모험이다. 남들이 다 해낼 수 있는 일이란 성취해 놓아도 아무 의의가 없는 것이다. 그리고 남의 간섭이나 지시를 받아서도 아니되는 것이다. 순전히 독자적인 것이라야 하는 것이다. 게다가 예술가들은 자신의 노력에 대해 아무런 보수나 직위나 명예 따위를 바라지도 않는다. 오직 완성된 작품의 아름다움, 그것만이 자신의 노력에 대한 최대 보수라고 생각한다. 그가 진정한 예술가라면.

11

이야기만으로 소설이 되는 것은 아니다. 언어와의 치열한 투쟁 끝에 얻어낸 자기만의 실로써 자기만의 무늬를 놓아 비단을 짜고 그것을 정교하게 바느질해서 인간에게 입혀놓았을 때, 비로소 그것이 소설이라는 모습을 갖추게 되는 것이다.

12

누가 읽어도 명작이라고 생각할 만큼 위대한 소설을 쓴 소설가는 전무후무하다.

13

확인하라. 날마다 확인하라. 이 텅 빈 네 주변을. 그러나 외로움을 두려워 말라. 외로움은 껴안으면 껴안을수록 더욱 외로운 것이다. 그러나 더욱 있는 힘을 다해 껴안으라. 마침내 헐벗은 네가 보일 때, 이 냉혹한 기후의 황무지에서 홀로 살아온 네 알몸이 보일 때, 비로소 네 그림은 빛날 것이다.

14

오늘날은 사람들이 청자나 백자를 기술적인 면에서만 개발하고 있기 때문에 원래의 깊고 그윽한 맛이 살아날 수 없다.

옛날 사람들처럼 마음을 깨끗하게 비우고 비어 있는 마음속에다 소망의 씨앗을 싹 틔워 그것을 꽃피우고 그 꽃의 향기를 도자기에다 이입시키는 방법 따위를 모르고 있기 때문이다.

15

하늘은 아름다운 재능을 가진 자들에게 항시 시련과 고통을 내리거니와, 그것은 그 아름다운 재능을 더욱 높은 경지로 이끌어주기 위함이며, 그 아름다운 재능을 보고 즐기는 자들일수록 더욱 그 재능을 가진 자들을 천시하는 것은 천시하는 자들 스스로가 아름다울 수 없기 때문이다.

16

진정한 예술인이 되기 위해서는 일생은 물론 목숨까지도 바칠 수 있을 정도의 굳은 각오가 반드시 필요하다.

17

제 소설에 속지 마십시오. 저는 실패의 천재. 사랑도 실패하고 자살도 실패하고 소설도 실패만 합니다.

악랄한 세상, 저는 한이 많습니다. 언젠가 한 번은 복수하고 싶습니다. 그리고 그 복수에만은 성공을 하고 싶습니다. 저는 행려병자처럼 떠돌기로 합니다.

소설이 칼이라면 저는 행려병자 같은 칼잡이입니다. 칼하나를 의지하고 정처 없이 떠돕니다. 그러나 제 이름만은 기억해 두실 것. 언젠가는 제 복수에 박수를 치게 되리라고 믿어주실 것.

제 칼이 빛날 때까지 저는 외롭게 홀로 떠돌며 기상천외의 검법이나 연마해 볼 것입니다.

해마다 겨울이면 자살이나 해버리고 싶다는 충동에 사로잡힙니다. 그러나 자살은 아무나 마구 하는 게 아닙니다.

천재만 하는 것입니다. 나 따위가 자살을 해봤자 무슨 폼이 나겠습니까.

사람이 그리워서 미칠 지경입니다. 엄살이 아닙니다. 그러나 이제 모든 것은 멸망해 버렸습니다. 사막입니다.

타이티에 가고 싶습니다. 비록 모방이 될지는 모르지만 거기 가서 모든 것 다 버리고 소설만 쓰다 죽고 싶습니다.

그러나 사랑하는 나라 나의 한국, 후진 게 너무 많아 더욱 외롭지만 여기서 제가 해야 할 일이 또 있으리라 생각합니다.

소설은 노동이 아닙니다. 충동과 의욕에 의해서 쓰고 싶습니다. 평생에 꼭 한 번은 혼의 소설을 쓰고 싶습니다.

아직은 부끄럽습니다. 여기 제 치부(恥部) 몇 편을 드러내면서 저는 좀 뻔뻔스럽지 않을까 걱정이 됩니다. 하지만 변명하지 않겠습니다. 저만큼도 못 살고 겨우 돈벌이에만 눈이 시뻘개져서 인간 같지도 않게 사는 사람들도 많이 있는데요 뭐.

열심히 쓰겠습니다. 열심히 쓰겠습니다. 더 할 말이 없습니다.

1980년 2월, 『겨울나기』를 쓰고 나서

18

주여, 또 한 번 부끄러운 일을 저지릅니다. 저는 전혀 사랑스럽지 못한 시정잡배, 요즘은 가슴에 먼지바람만 붑니다. 사막입니다. 캄캄하고 두렵습니다. 제 가슴에도 한 포기의 풀 정도는 심어주십시오.

좀더 아프고 눈물겨운 풀, 쓰러질 듯 쓰러지지 않으면서 끝끝내 살아나는 풀, 제가 죽어 외로운 어느 별에 가 있더라도 그 이름을 잊지 않을 풀을 한 포기만 심어주소서. 사막도 좋고 캄캄함도 좋지만 먼지만 집어삼키며 향방 없이 걷기는 싫습니다.

비록 제가 이 세상에서 먹고 마시는 것들이 모두 오물이고 또 제가 생각하고 행동하는 것들이 모두 금수와 같다 할지라도 금후 제가 그것들을 가슴속에 깊이 삭여 마침내 뱉어낼 때는 당신의 술인 듯이 향기롭게 하소서. 취하면,

아 빌어먹을 세상, 되지 못한 욕설이 쏟아지게 만드는 장사꾼들의 술이 아니라, 한 잔을 담그어도 사랑의 뜻이 있어, 그 한 잔의 뜻에 취해 울게 하소서.

이제 여름이 갑니다. 모기약을 뿌리는 일 하나로 온 여름을 다 보내고, 남은 건 온 천지에 부끄러움뿐입니다. 단 한 자도 당신의 술처럼 원고지에 담글 수가 없었습니다. 참 담합니다.

그러나 끝까지 버티어보겠습니다. 마지막 피 한 방울이 마를 때까지 온갖 방법으로든 시도해 보겠습니다. 지금까지는 모두 실패해 버렸지만 주여 마흔여덟 장의 화투를 다 모아야만 고도리에서 스톱을 할 수 있는 것은 아닙니다.

필요한 것은 단 석 장이면 됩니다.

언제쯤 필요한 석 장이 제게 쥐어질는지 저로서는 도무

지 짐작조차 할 수가 없습니다. 제가 보여드리는 이 서툰 칼솜씨, 많이 실망해 주실 줄 믿습니다. 그러나 이렇게 해서 차츰 다듬어지는 것이 아닐는지요.

그리고 당신이 제게 기대하시는 혼에까지 차츰 닿아가게 되는 것이 아닐는지요. 채찍을 맞은 말일수록 더욱 빨리 달린다는 것을 저는 압니다.

부끄럽다고 시작했던 횡설수설을 역시 부끄럽다는 말로 끝맺습니다.

1981년 7월, 『장수하늘소』를 쓰고 나서

19

무엇을 붙잡고 살아가랴.

아무리 건져도 건져지는 것은 없고 언제나 남는 것은 빈 손뿐이다.

나는 가만히 있어도 살해당한다.

사방을 둘러보아도 아득한 절벽, 어디로 가야 할는지 막막하기만 하다.

나는 속고 있는 것 같다.

이렇게 사는 것이 아니다.

되도록이면 남의 닭을 많이 잡아먹을 것. 남의 오리도 많이 잡아먹을 것, 그다음 오리 임자가 찾아오면 닭발을 내밀고 닭 임자가 찾아오면 오리발을 내밀 것, 그러나 나는 처음부터 자신이 없다.

언제나 당하기만 한다. 억울하다.

하지만 세상은 끝내준다.

오리를 잃어버렸다고 말하면 닭발을, 닭을 잃어버렸다고 말하면 오리발을 잘도 내민다. 약간 머리를 회전시켜 오리와 닭을 다 잃어버렸다고 말하면 꿩발을 내민다. 졌다.

그래도 나는 물들지 말아야 한다. 억울하다고는 생각지 말아야 한다. 모든 것은 부질없다.

지금까지 교과서에서 배워온 것들을 모두 버리기로 한다. 모조리 거짓말이라는 것을 알았기 때문이다.

무엇보다도 중요한 것은 마음 그 자체이다.

나는 자연스럽고 싶다.

또는 자유롭고 싶다.

세뇌받은 진리는 결코 진리가 아니다.

교육받은 모든 것으로부터 떠나고 싶다.

그러나 학문 그 자체는 좋은 것이다. 비록 항문이라고 발음되기는 하지만 결코 똥을 누기 위한 도구는 아닌 것이다.

그런데도 똥 같은 소리나 하면서 살아야 하는 학자들은 얼마나 가련한가.

노스트라다무스라는 괴물이 지구의 종말을 예언했다고 한다. 예언을 모두 믿을 수는 없다. 다 맞추고는 단 한 개만 틀리게 예언할 수도 있는 것이다.

그러나 세상은 너무 많이 망가져 있다.

내 책임이 아니다.

나는 이 조잡한 책 한 권을 만드느라고 폐만 작살내버렸다.

그러나 내 폐는 작살나더라도 되도록 다른 사람의 마음을 작살내지는 않는 글이 되기를 빈다.

다 쓰고 나서 항시 느끼는 것은 내가 너무 형편없다는

사실이다.

　나는 좀더 공부하지 않으면 안 된다. 국정교과서 식의 공부가 아니라 장자 식의 공부다.

　다시 겨울이 오고 있다. 어떻게 살아야 하나, 눈물겹다.

　　　　　　　　　　　　　1981년 5월, 『들개』를 쓰고 나서

20

더러는 마음의 문을 굳게 닫고 있는 사람들을 보았습니다.

또 더러는 굳게 닫은 마음의 문에 육중한 자물쇠를 채우고 있는 사람들도 보았습니다. 갈수록 그러한 사람들이 늘어가고 있다는 생각도 듭니다.

지금은 겨울입니다.

당신도 해마다 겨울이 되면 더욱 철저하게 버림받고 싶다는 생각을 하시는지요.

아무런 목적도 없이 가출해서는 한정 없이 방황만 계속하다가, 낯선 역 대합실에서 새우잠을 자거나 밥을 굶거나 동전을 구걸해 보신 적이 있으신지요.

더 이상 머무를 수도 떠날 수도 없는 상태로 역사 주변을 서성거리면 어느새 희끗희끗 눈발이 날리고 문득 생각해 보니, 오늘이 바로 한 해의 마지막 날, 당신도 불현듯 울고 싶은 심정에 처해보신 적이 있으신지요.

하지만 누군들 겨울에 폐병을 앓아보지 않았으리요. 누군들 겨울에 언 빵을 씹어보지 않았으리요.

모든 사람들이 마음의 문을 굳게 닫아걸고 단 하나 믿었던 당신의 애인마저 떠나간 지금, 아직도 살아 있는 목숨 하나가 얼마나 눈물겹고 갸륵한지요.

마음의 문을 굳게 닫아걸고 있는 사람일수록 그 마음속을 들여다보면 거지발싸개 같은 것들만 가득 들어차 있는 법, 당신의 애인도 혹시 그들처럼 별 볼 일 없는 존재였는지도 모릅니다.

하지만 제게 이토록 삭막한 세상을 어떻게 살아가야 하는지는 묻지를 말아주십시오. 이 세상 모든 어려운 문제를

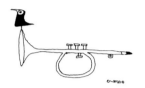

푸는 열쇠가 바로 당신 가슴 안에 있으니까요.

당신이 비록 돈 없고, 백 없고 못생긴 사람이라 하여도 아직 사랑을 할 수는 있겠지요. 사랑으로써 풀리지 않는 자물쇠란 이 세상에는 단 한 가지도 없으므로 당신은 그 누구보다도 더 은혜로우십니다.

저는 지난여름과 가을에는 한 컵의 사랑도 없는 상태에서 폐와 간과 위가 망가질 대로 망가져 있었습니다.

지금은 더욱 악화되어 병원 신세를 져야 할 정도입니다.

겨우 이 한 권의 소설을 써놓기는 했지만, 너무도 엉성해서 낯만 자꾸 뜨거워집니다.

하지만 마지막 줄을 보아주십시오. 거기에는 하늘이 저에게 주신 선물이 들어 있습니다. 당신이 그 속에 담긴 비밀을 푸신다면, 맹세컨대 당신은 곧 거듭 태어나실 수가 있습니다.

그 선물을 이 세상 모든 사람들과 함께 나누어 가지고 싶습니다.

당신의 가슴이 언제나 열려 있기를 빕니다.

당신의 가슴이 언제나 비어 있기를 빕니다.

1982년 11월, 『칼』을 쓰고 나서

21

어느새 겨울입니다.

보이지 않는 돌들이 무수히 날아다니는 세상을 살아오면서 자주 무력한 것들에 대해 생각해 본 적이 있습니다. 그리고 또 더러는 버림받은 것들에 대해서도 생각해 본 적이 있습니다.

저는 전생에, 고래들이 싸우면 등이나 터지면 되는 한 마리 새우, 또는 누구에게나 죽어살아야 하는 지렁이나 올챙이는 아니었을는지요.

그 중에서도 올챙이는 정말 외롭고 서럽습니다. 지렁이는 밟으면 꿈틀이라도 한다지만 올챙이는 밟으면 반항 한번 못하고 죽습니다. 정상적으로 성장하여 개구리가 된다 해도 뱀과 새들이 있는 한은 별 낙이 없을 것입니다.

생명 있는 모든 것들이 어떻게 태어나서 어떻게 살다가

어떻게 죽어가는가를 생각하면 여러 가지 이유에서 눈시울만 젖어옵니다.

가련하게도 저는 아직 소설로써 그런 것들의 터럭 한 올조차도 제대로 표현할 만한 능력을 얻어내지 못했습니다. 그래서 이 여름부터 가을까지 골방에 틀어박혀 다 상한 폐를 어루만지며 이런 책 한 권을 만들어보았습니다. 소설로써는 제대로 그 뜻을 전달할 수 없었던 말들이 여기 담겨서는 조금이나마 소생해 줄 것인가 하는 기대감 때문에서였습니다.

그러나 결과는 역시 무력감뿐입니다. 건강이 좀 더 회복되는 대로 다시 한 번 이 작업에 도전할 생각이지만 저를 아껴주신 독자들께는 몹시 송구스러운 마음뿐입니다.

부디 제게도 아픈 돌 하나를 던져주시기 바랍니다.

1983년, 『사부님 싸부님 1』을 쓰고 나서

259

22

밤을 새워 글을 써본들 무슨 낙이 있으랴.

잔치 뒤의 질펀한 허무마냥

언제나 다가오는 것은

절망뿐이다.

살풀이를 한다.

백 매를 쓰고

천 매의 파지를 만든다.

어디까지 망가져 있는 것일까.

그러나 망가져도 좋으니

하나만 쓰게 해다오.

운명이 姝秀를 姝秀되게 만들지 않았나.

운명이 姝秀를 사람이 그리워 미치게 만들지 않았나.

나는 인간이 죽으면 부패한다고 생각지 않는다.

나는 인간이 죽으면

사랑만 가득한

빛이 된다고 생각한다.

살아 있을 때가

부패해 있는 상태다.

1983년 3월, 『자객열전』을 쓰고 나서

23

인공댐호 속에 빠져 있는 서른아홉 내 부패한 생애를 들여다보며 한 해의 여름이 갔습니다. 깨달은 것은 아무것도 없습니다. 힘들고 눈물겨운 세상, 나는 오늘도 방황 하나로 저물녘에 닿습니다. 두 번째의 『사부님 싸부님』은 제 힘으로만 만든 것이 아닙니다. 망가질 대로 망가진 육신, 수시로 앓아눕는 내 머리맡에 뜻 깊은 격려와 사랑의 뜻으로 날아오는 독자들의 엽신, 언제나 감사하는 마음으로 소중히 간직하고 있겠습니다. 출판사로 또는 제게로 보내주신 수천 가지 하얀 올챙이의 이름들은 모두 청명한 밤하늘에 가득히 빛나는 별들에게로 보내고, 그저 이름없이 그렇게 떠다니도록 버려둔 제 소치에 대해서는 송구스러움을 금할 수가 없습니다. 열려 있는 세상, 열려 있는 가슴으로 살도록 항상 노력하겠습니다. 흐린 날에는 흐린 대로 습기에 젖고 맑은 날에는 맑은 대로 햇빛에 젖어 제가 만드는 언어의 입자들이 다시 그대 가슴까지 전하여져 감동으로 새로이 젖을 때까지.

1984년 여름, 「사부님 싸부님 2」를 쓰고 나서

이 땅의 꽃들이 모두 지거든
화천으로 오십시오

1

이제는 스산한 초겨울

그대 가슴 가득히에 허전함만 눈물처럼 고여드는 때.

그러나 귀를 열고 좀 더 가까이 이리로 오십시오.

여기 우리가 잃어버린 모든 사랑의 낱말들이 음악으로 출렁대며 흐르고 있습니다.

어느 날 문득 우리들의 가슴에 닿아오던 절망이며 허무며 한스러움이 다시금 아름다운 소리의 무성함이 되어 돌아오고 있습니다.

고독하지 않기 위해 우리는 더욱 고독해야 하며 버림받지 않기 위해 우리는 아직도 더 많이 버림받아야 하는데.

음악이여, 음악이여.

2

소녀여.

소녀라는 말은 흰색이다.

자고 새는 날마다 의식 속에 꽃피는 나이, 너는 마음까지 희기 때문에 아름답다. 여자란 거울 하나와 빗만 있으면 감옥 속에서도 인생을 즐겁게 살 수 있다는 서양의 속담도 있거니와 모름지기 여자에겐 아름다움 하나만이 그 생명이라 해도 과언은 아니다. 한 달 동안 국을 끓여 먹을 수 있는 분량의 콩나물 값보다 한 달 동안 얼굴에 바를 수 있는 파운데이션 값이 한결 비싼 것을 보면 여자의 아름다움이란 분명 먹고사는 일보다는 중요한 것으로 생각되는 모양이다.

하지만 거울 하나와 빗만 가지고도 감옥 속에서 평생을 즐겁게 살 수 있는 여자라면 그 여자는 한마디로 속물적인 아름다움만을 가꾸며 사는 여자이겠고 무엇보다도 중요한 것은 마음 안에 있는 빗과 거울이 아니겠는가.

소녀여 네게는 아직도 속물적인 냄새는 나지 않는다. 너는 우아하게 피어 있는 한 그루의 목백합, 아직은 문명의 폐기물에 오염되지 않은 화천의 맑은 물속에 네 그림자를 드리우고 아직은 매연으로 더럽혀지고 있지 않은 화천의 하늘 가득 네 향기를 분분히 날리고 있다. 너는 겉으로는 아름다우며 속으로도 아름답다.

그러나 그 아름다움이 언제까지나 지속될 것인가. 진정한 여자의 아름다움이란 눈에 보이는 것이 아니라 마음으로 느껴지는 것이어야 한다.

쇼펜하우어라는 철학자의 말에 의하면 여자는 십팔 세에 사고(思考)가 멎어버리는 동물이라는데 사고가 멎어버린 동물에게서 내면의 아름다움을 발견할 수가 있단 말인가.

하지만 쇼펜하우어는 멍청이. 나는 그의 말을 믿지 않는다. 여자도 늙어 죽을 때까지 사고를 멈추지 않을 수가 있으며 그렇게 할 수 있는 여자야말로 내면의 아름다움까지를 가질 수가 있는 것이다.

하지만 불행하여라. 이 세상은 너무도 형편없이 망가져버려서 그런 여자를 찾아보기가 매우 힘들다. 고등학교를 졸업하기만 해도 급속도로 세상의 여러 가지 때가 묻어버리고 사람을 볼 때도 사람 그 자체로 바라볼 수 있는 능력을 상실한다.

오늘날 여대생들의 머릿속에 무엇이 들어 있는지 그 열개를 열고 들여다보라. 모여 앉으면 나누는 얘기들은 대체로 한심하기 이를 데 없다. 하다못해 남자 친구에 관한 얘기도 그 남자 친구 마음에 관한 얘기가 아니라 그 남자 친구의 가문과 학벌과 경제와 외모 따위다. 이른바 그것들은 그 남자 친구의 장식품이지 그 남자 친구 자체는 아니다. 핸드백도 그렇고 구두도 그렇다. 제품 그 자체보다는 어느 회사 제품이며 어디서 얼마나 주고 샀는가를 우선 논한다. 그러니까 지지리도 솜씨가 형편없는 어느 양화점이나 가방 공장에서 아무렇게나 만든 제품에다 유명 메이커의 상표를 붙이고 유명 백화점에 내다놓기만 하면 무조건 비싼 값으로 사들이는 바보가 된다. 그런 정도에까지 이르면 이미 여자란 그 외형이 아무리 아름다워 보인다 해도 끝까지 아름답게 느끼어지지가 않는 법이다.

사람의 감각 기관이란 곧 피로해지는 것이어서 같은 음식만 먹어도 이내 물려버리고 같은 노래만 들어도 곧 싫증이 나고 만다. 따라서 눈으로 보는 것도 마찬가지다. 아무리 아름다운 것이라 해도 같은 것을 오래 보면 외면해 버리고 싶어지는 것이다.

하지만 내면의 아름다움은 그렇지가 않다. 내면의 아름다움은 영원하다.

그러면 그 내면의 아름다움이란 어떻게 이루어지는 것인가.

그것은 정서의 순화와 사랑의 지속에 의해서 이루어진다. 결코 돈이 많아서 생겨나는 것도 아니고 백이 좋아서 얻어지는 것도 아니며 권력이 막강해서 긁어모을 수 있는 것도 아니다.

그것은 길바닥에 내버려져 있거나 백화점에 진열되어 있거나 냉장고 속에 저장되어 있지도 않다. 그것은 사람의 가

슴 안에 있는 것이므로 사람의 가슴으로밖에는 끄집어낼
수가 없다.

책을 읽어라.

책 속에는 책을 쓴 이들의 가슴이 있다. 그림을 보고 음
악을 듣고 연극을 보라. 예술 속에도 예술하는 사람들의
가슴이 있다. 그러나 무엇보다도 모든 것을 사랑하라. 사랑
이야말로 모든 것의 닫힌 문을 여는 열쇠이며 모든 것을
아름답게 만드는 신의 명약이다.

눈물겨워라, 이 세상이여.

어느 가난한 어머니는 밤중에 고열로 숨이 넘어가는 아기
를 안고 병원 문을 두드리다 돈이 없다는 이유로 쫓겨났다.

그리고 그날 밤 그 아기는 죽어버렸다. 우리들의 이웃마
다 사나운 개들을 기르고 높은 담벼락마다 유리 조각이

번뜩거린다. 하늘이 병들고 강이 죽는 시대, 가짜가 판을 치고 진짜가 밀려나는 시대. 한 페이지의 시집보다는 한 권의 주간지가 사랑받는 시대.

만약에 누구든 마음대로 자기 돈을 만들어 쓰라고 허락한다면 그때는 이미 돈이 필요 없을 텐데도 밤새도록 돈을 만드는 사람이 있을 정도로 돈만이 사랑받고 돈만이 기운 센 시대.

사라져라. 영원히 사라져버려라.

소녀여.

소녀라는 말은 흰색이다.

너는 아직도 어두운 이 세상에 환하게 피어 있다. 너는 한 그루의 목백합. 목백합은 춘천여고 운동장 한복판에만 서 있는 것이 아니다. 춘천여고를 다니고 있는 모든 소녀들

또는 춘천여고를 졸업한 모든 여성들이 이 나라 어디에든 한 그루 목백합으로 희게 피어 있다.

아직은 때묻지 않은 채로 하느님의 길로 가는 환한 사랑의 등불을 밝히고 있다.

세상이 어두운들 끝까지 어두우랴. 세상이 눈물겨운들 끝까지 눈물겨우랴.

목백합은 목백합을 낳고 그 목백합이 다시 다른 목백합을 낳아서 이 세상이 모두 향기로 가득 차고 그 꽃잎 하나 떨어진 자리에도 시가 자라고 음악이 자랄 수만 있다면 지금은 세상이 어두워도 상관없으리. 지금은 세상이 눈물겨워도 상관없으리.

소녀여.

지금은 자정이 넘은 시간, 나는 강원도 산골 어느 고적

한 마을에서 이 편지를 쓰노니, 너는 영원히 아름다울 일이다. 겉으로든 속으로든 끝끝내 아름다울 일이다.

그러나 이 시간 그보다는 먼저 편안히 잠들기를. 그리고 아름다운 꿈도 함께 머리맡에 있어주기를.

3

기다리는 자는, 기다릴 것이 아직도 남아 있는 자는 행복하다. 그리고 기다리는 일은 얼마나 초조한 혼자만의 병이었던가. 우리가 진실한 마음으로 어떤 것을 기다릴 때 질긴 섬유질처럼 시간은 우리의 살과 정신 속에 조직을 뿌리 뻗고 있었다.

모든 사람들은 플라스틱 인조인간처럼 표정 없는 얼굴로 우리 곁을 스쳐가고 있었다.

우리가 기다림이라는 이름의 병을 앓고 있을 때 그들은 이미 이 세상에는 더 이상 건져먹을 정(情)도 사랑도 없음을 다 알아버렸다는 달관의 표정으로, 삭막한 문명의 거리 속에 바쁘게 흘러 다니고 있었다.

우리는 그들을 바라보며 과연 우리가 기다림 하나로 젊음의 한 부분을 이렇게 우울 속에 적시며 살아가는 것이 옳은가도 가끔 생각해 보았고, 더러는 술과 유행가와 싸구려 사랑, 그리고 돈이라는 것과, 쾌락이라는 것과 안일이라는 것들의 유혹에 곁눈질을 해보기도 했었다. 그러나 우리는 알고 있다. 우리가 앓고 있는 이 기다림이라는 이름의 열병이 술이나 돈이나 안일이나 쾌락 따위의 병보다는 한결 앓아볼 가치가 있는 열병임을.

아기들은 한 가지씩 새로운 병을 앓으면서 한 가지씩 새로운 재롱을 익힌다. 고통 없이 인간이 획득할 수 있는 것은 신의 옷섶 안에 절대로 들어 있지 않는 법이다.

기다림이 길면 길수록 만남은 우리를 행복 속에 몰아넣는다. 기다림이 진실하면 진실할수록 기다리는 시간은 쓰리고 아픈 형벌이 된다. 오늘 우리는 무엇을 기다리며 살아야 할 것인가? 그대여 생각하라. 깊이 생각하라.

인간은 타락하고 사랑은 녹슬었다는 말들이 흉흉한 소

문으로 전염병처럼 나돌고 있는 시대. 사람의 목숨이 자동차 밑에 깔려 돈으로 계산되고 집집마다 낮에도 굳게 대문이 닫혀 있는 시대. 담 위에 번뜩이고 있는 날카로운 불신의 유리 조각들. 천주교회에서 기르는 맹견. 병원 앞에서 돈 없어 죽은 생후 삼 개월 난 아기. 염불보다는 젯밥에 관심이 더 많은 일부 성스러운 계급의 옆모습. 그리고 별 볼일 없는 그대의 젊음.

　그러나 실망하지 말라. 세상은 그렇게 어둠뿐으로만 조직되어 있는 것은 아니다. 이 세상에는 그대가 남아 있다. 그대가 기다려야 할 것들이 남아 있다. 그대는 이제 알고 있다. 인생이 어릴 적 땅따먹기처럼 그렇게 쉽고 간단한 것이 아님을. 적어도 그대만은 이 삭막한 문명의 거리를 오직 먹고살아야 하기 때문에 헤매어야 하는 바보가 되어서는 안 된다. 최소한 그대는 시간의 노예가 되지 않기로 하자. 정신의 질긴 밧줄로 시간의 발목을 묶어놓고 집요하게 그대는 기다림을 계속하기로 하자.

그리고 무엇을 기다려야 하는지 묻지 말기로 하자. 주택복권 당첨을 기다리든, 송충이 엄지발가락에 무좀이 생기기를 기다리든 그건 그대의 자유니까. 그러나 잊지는 말 것. 최소한 그대가 인간이라는 이름으로 살기 위해서는 쥐나 바퀴벌레나 쇠비름 따위보다는 한결 나은 점이 있어야 함을.

봄에 모든 것이 되살아난다. 저 어둡던 겨울밤마다 새벽잠 속을 울리던 나뭇가지. 그 쓰라린 불면의 나날을 보내고 다시 당신의 새 눈 하나가 움트기 시작한다. 겨울에 언어를 잃고 빛을 잃고, 시간을 잃고, 그 이름마저 잃어버린 당신의 꽃 한 뿌리, 당신의 서랍 속에는 밤마다 눈이 쌓이

고 당신의 수첩 속에는 날마다 꿈 하나가 지워지고, 마침
내 당신은 헤매이기 시작했다. 겨울에 우리는 비로소 알게
되는 법이다. 우리가 사랑하던 것들은 이미 죽어 있음을.
그리고 겨울에 우리는 생각하게 되는 법이다. 우리가 새로
이 사랑해야 할 것이 무엇인가를.

4

이 봄에는 잊는 연습을 하자. 그 겨울에 우리 곁에서 떠난 것들을 잊는 연습을 하자. 그리고 사랑해 보기로 하자. 우리 만났던 그 겨울 동안의 어둠이며 불면이며 고립, 또 그런 것들과 함께 고개를 깊이 파묻고 괴로워하였던 우리 스스로를.

진실로 겨울에 죽어 있던 것은 아무것도 없다. 풀도, 나무도, 뱀도, 벌레도.

그렇다.

그것들은 멈추어 있었을 뿐, 손톱을 앓으며 오래도록 사랑하던 것들을 떠나보낸 뒤, 잠시 시간이 문을 닫고 있을 뿐, 결코 죽은 것이 아니었다. 이제 일제히 되살아나는 이 봄의 무수한 연두빛 낱말 앞에서 우리는 무엇을 할 것인가.

봄은 겨울을 쓰라리게 보낸 자에게 더욱 넉넉한 햇빛과 은혜를 준다. 한 마리의 매미가 되기 위해 굼벵이는 무려

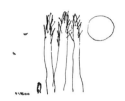

사 년 남짓을 땅 속에서 보낸다. 그 많은 세월 동안 얼마나 많은 고통과 어둠을 홀로 삭혀야 했던 것일까. 오늘 당신의 마음 언저리에도 봄은 찾아와 지난겨울의 상처마다 생금가루 같은 햇빛을 뿌리고 있다. 그러나 잊어서는 안 된다.

우리가 만난 그 겨울의 쓰라림, 방황, 가난한 잠, 패망 그리고 빌어먹을 놈의 불행들을. 우리가 잊어야 할 것들은 그 겨울에 우리를 버리고 떠난 저 통속한 인간들의 기름진 낱말뿐이다.

5

한 마리의 나비가 우리들의 차원으로 오기 전, 도대체 어디서 어떤 형태를 가지고 살았을까.

처음에 저것은 알이라는 세계 속에 있었을 것 같았다. 알 이하의 세계도 모르고 알 이상의 세계도 모르는 상태에서 오직 알로서만 살아서 숨 쉬고 있었을 거라는 생각이 들었다. 그의 몸은 한 군데 접착되어져 움직일 수 없었으나 그는 움직인다는 것이 무엇인지도 몰랐을 것 같았다. 그러나 알로서의 일생이 끝나는 날 그는 다시 무엇을 보게 되었을까.

그는 다시 애벌레의 세계와 만났을 것 같았다. 자신의 몸이 점차 커져감은 물론이려니와 먹이를 찾아 이리저리 이동할 수 있다는 사실이 더없는 경이였을 것 같았다.

하지만 그는 역시 그 애벌레 세계의 과거도 미래도 전혀 모르고 다만 애벌레 세계에서만 살아 있었던 것은 아닐는지.

곧 그는 번데기가 되었을 것이다. 그리고 지금까지 체험하지 못했던 또 하나의 세계를 보게 되었을 것이다. 고치 속에서의 안락과 평화, 기나긴 잠과 아름다운 꽃, 그 세계를 꿈으로 그리는 나비가 되었을 것이다…….

그것이 바로 인생이 아닐까.

인생이라는 것 역시 그러한 과정 중의 하나에 불과한 것이 아닐까. 좀 더 높은 차원에서 내려다보면 인간이라는 것도 역시 하나의 미물, 알이나 애벌레나 번데기 정도에 불과한 존재일는지도 모른다. 인간이 인간이라는 전 과정을 마치는 순간 인간은 인간이 아닌 형태의 다른 자아로 다시 변모될지도 모른다. 그것은 아마도 경이롭고 황홀한 세계, 영혼과 사랑과 지성이 잘 조화된 인간의 이상 세계일 것이다.

6

대학생들이여.

국화빵을 보라.

나는 어느 소설에서 대학생의 입을 통해 대학생이 국화빵이라는 말을 했던 적이 있다. 거기에 덧붙여 꽃게는 꽃이 아니라 게이듯이 국화빵도 국화가 아니라 빵이라는 설명도 덧붙인 적이 있다.

눈치 빠르신 분들은 대번에 알아차리셨겠지만 결코 낙관적인 안목에서 표현되어진 말은 아니다. 대학생이 국화빵이라면 대학은 그 국화빵을 찍어내는 빵틀에 지나지 않기 때문이다.

어디에서 개성이라는 것을 찾아보랴. 한결같이 똑같은 모양, 똑같은 무늬, 똑같은 크기를 가진 것이 바로 국화빵이다.

이러한 몰개성의 사회에서 눈부신 발전이란 도저히 기대할 수가 없다. 그런데도 대학생들은 점차 국화빵으로 변모되어 가고 있다.

　그대들은 말할 것이다. 사회가 우리를 그렇게 만들었노라고.

　백번 지당하신 말씀이다. 나도 솔직히 말해서 여러분이 얼마나 불행한 시대에 태어났는가를 아주 잘 알고 있는 사람 중의 하나다. 왜 그대들이 도서관보다는 기계와의 외로운 게임에 열중하고 있는가도 충분히 이해할 수 있는 사람 중의 하나다.

　도대체 어느 것이 진짜이고 어느 것이 가짜인지 알 수가 없는 시대, 무엇이 소중하고 무엇이 무가치한 것인지 전혀 분별이 안 되는 시대, 양심이 녹슬고 황금만 빛나는 시대,

종교도 예술도 철학도 몰락한 시대, 아, 블루투스 너마저도, 라는 카이사르의 말 한마디가 더욱 선명하게 칼날이 되어 가슴에 날아와 박히는 시대, 다만 먹고살기 위해서 살아갈 뿐이라는 사실이 자꾸만 의식을 짓누르는 시대, 개선의 여지는 보이지 않고 시간이 흐르면 그대들도 언젠가는 그 급류 속으로 휘말려들게 되리라는 불안감이 앞설 것이다.

그러나 다시 한 번 생각해 보라.

그리 멀지 않은 장래에 그대들에게는 그대들의 시대가 반드시 올 것이다. 그때 그대들은 어떻게 할 것인가. 필히 구시대의 악습만은 되풀이하지 않도록 하기 위해서 그대들이 우선적으로 실행해야 할 일은 무엇인가. 국화빵이 되지 않는 길은 무엇이며, 절망하지 않는 길은 무엇이며, 당장

이 시대를 견디어내는 방법은 무엇인가.

모색해 보라.

그것을 명쾌히 한마디로 가르쳐줄 사람은 아무도 없다. 가르쳐준다고는 하더라도 그것이 과연 최선의 방법인가도 모호하다.

하지만 무엇보다도 중요한 것은 그대들의 마음이다. 그대들에게 있어서는 지성이 바로 생명 그 자체다.

잘 아시겠지만 지성이란 지식과는 달라서 많은 법칙을 기억하고 많은 공식을 기억하고 많은 단어를 기억하고 많은 인명이나 연대를 기억한다고 해서 절로 생겨나는 것이 아니다. 지성은 지식을 통해 깨달음에 의해서 생겨나는 것이므로 두뇌에 있지 않고 가슴에 있다.

그대들이 제일 먼저 염두에 두어야 할 것은 바로 그 가

습에다 어떤 지성의 샘물을 저장하느냐다. 따라서 그대들이 가까이해야 할 것이 무엇인가도 또한 중요하기 짝이 없다.

그대들의 가슴이 마르지 않게 하기 위해 그대들이 가까이해야 할 것들을 찾아보라.

기계와 돈과 제도와 이데올로기 따위는 결코 아니다. 술과 담배와 여자는 더더구나 아니다.

감히 말하거니와 그대들의 가슴 안에는 절대적으로 시가 필요하다. 시를 읽고 눈시울을 적실 수 있는 감성이 필요하다.

그러나 시라는 것이 어디에서 생겨나는 것이랴. 들리는 모든 것이, 보이는 모든 것이, 그리운 모든 것이, 사랑하는 모든 것이, 시가 되고 눈물이 되는 것이 아니랴.

애증이 없이 어찌 인간으로 남아 있을 것이며 이론과 실제만으로 어찌 인간끼리 살아갈 수 있을 것인가.

그대들은 기성세대들로부터 배운 문 잠그기를 망각토록 하라.

사방을 둘러보아도 닫혀 있는 것뿐이다. 닫혀 있는 것에 덧붙여 육중한 자물쇠까지 매달려 있다. 식당이나 다방의 화장실에도 자물쇠가 매달려 있고, 성당이나 교회당의 출입문에도 자물쇠가 매달려 있다.

그러나 무엇보다도 두려운 것은 사람의 가슴 안에 매달려 있는 자물쇠다.

대학생들이여.

그대들은 열려 있어야 한다. 너무나 많은 것들이 가슴을 통해서 만들어지고 가슴을 통해서 소멸한다. 비극도 불행도 전쟁도 평화도.

하지만 열려 있는 가슴만으로는 아무것도 만들어 낼 수 없으며 소멸시킬 수도 없다.

도서관으로 가라. 가서 게임을 하듯이 온 정신을 다 집중해서 책을 읽으라, 닥치는 대로 읽으라, 그러면 그대의 가슴 안에 무엇이 고이는가를 알게 될 것이다.

모든 선이며 악이며 불이며 물이며 태양과 모래와 풀과 바위, 그리고 그대 자신에 이르기까지 보는 대로 한 줄의 시가 느껴져 올 때까지 그대들은 지성의 샘물을 파라.

도대체 한 줄의 시도 모르는 대학생이라면 그건 틀림없는 국화빵이지 지성인이라고는 생각할 수가 없다.

끝으로 덧붙이고 싶은 카프카의 일기 몇 줄.

6월 4일

가장 부러운 친구. 파울 아들레르. 그는 시인이다. 그 외의 아무 직업도 그는 가지고 있질 않다. 그는 아내와 아이들을 데리고 이 친구 집에서 저 친구 집으로 옮겨 다닌다. 그의 곁에만 있게 되면 스스로의 생활을 익사시키고 싶다는 양심의 가책을 받는다.

그런데 나는 과연 그대들에게 무슨 뜻을 전하려고 여기 그의 일기 몇 줄을 적은 것일까.

7

가을이 왔다. 사랑만 하다가 죽은 자의 아름다운 피처럼 사루비아 꽃이 우리 집 화단에서 피고 있다. 아침저녁으로는 서늘한 바람이 불어왔고 살갗이 아주 깨끗하게 소독되는 듯한 기분으로 나는 가을의 풍경들을 바라볼 수 있다. 그림을 그리고 싶은 충동이 전율처럼 파고든다.

8

가을은 마당을 잘 쓸어놓고 누군가를 기다려보는 계절. 그대 심장에 쓰라린 흔적을 남기고 돌아섰어도 끝끝내 그리운 사람이 있거든 기다려보라. 그동안의 모든 진실한 말 잘 기억하여 돌아오면 들려주리라, 준비해 두라.

지난여름의 바다에서 실패한 사랑, 뜻도 없이 시간에 쫓기며 땀 흘린 나날, 아내의 바가지와 바캉스, 장마철 비 새는 단칸 셋방에서의 선잠, 그 여러 가지 빌어먹을 것들은 떠나고 있다. 아아 지겹던 모기들, 마지막 더위, 숨통이 컥컥 막히는 더위, 제발 내년에는 오지 말아 다오.

그리고 가을이여. 아직 한 번도 남자와 동침한 적이 없는 순결한 여인 같은 가을이여. 씻어 다오. 우리들 마음의 때를, 매연을, 우울을, 빚진 자의 근심을, 그러나 더욱 모질게 기억토록 해다오. 가난에 찌들리며 시를 쓰다가 거룩한 행

293

적도 이름도 남기지 못한 채 외롭게 죽어간 어느 젊은 시인의 시 한 줄을, 부질없는 한 장 일력처럼 펄럭이며 떨어져 간 그 허망한 생애를.

9

진실한 자는 아직도 눈물이 남아 있고, 눈물이 있는 자에게는 고통을 굳게 껴안을 순수가 남아 있다. 가을.

10

가끔은 탄식도 하고 가끔은 격려도 하고 가끔은 술도 마시고 가끔은 울화통도 터뜨리면서 사는 거지 이 양심불량에 상식부재인 세상에서 어찌 실성한 놈처럼 날마다 껄껄 웃고만 살겠습니까. 하지만 주저앉지는 말아야하지요. 그래도 희망은 버리지 말아야지요.

11

　가을은 내게 있어 가장 우울한 계절입니다. 가을에 모든 것은 텅 비게 됩니다. 가을에 모든 것은 내 곁에서 죽어갑니다. 나의 파레트에는 물감들이 마르고 붓들은 모두 굳어서 방바닥에 뒹굴게 됩니다. 그리하여 마침내 나는 맹목의 방황을 시작합니다. 방황이라는 말은 듣기엔 유치하고 윤기 없는 사어입니다. 그러나 행동으로 옮겼을 때의 쓰라림을 나는 압니다.

　여행을 떠나볼까 생각합니다. 그 짙은 안개의 도시로. 그리고 가서 무엇을 해야 할지 언제쯤 돌아올지 아직 나는 알 수 없습니다. 다만 거기 아직도 남아 있을 것 같은 내 어두운 날들의 흔적을 모두 지울 수만 있다면 난 우울병을 조금은 치료하게 되는 셈입니다. 이 가을 귀밑머리를 스쳐가는 한 가닥 바람. 뜨락에 괴는 식은 금색 햇빛, 눈물겹게

흔들리는 코스모스 꽃밭, 들리는 모든 것이, 보이는 모든 것이 전부 당신의 빛나는 생을 위해 하나님이 장만해 준 은혜이기를.

국어사전을 찾아보면 눈은 기온이 영하일 때 대기의 상층권에서 수증기가 응결하여 내리는 한 결정체라고 풀이되어져 있다.   ,

그러나 과학에 관계된 참고서를 뒤적거려보면 나름대로 약간 더 상세한 풀이를 얻어낼 수 있는데, 이를테면 작은 결정이었다가 점점 수증기를 부착시켜 성장한 다음 기온과 습도에 따라 각기 다른 모양을 이룬다는 등의 풀이가 그것이다.

눈에는 싸락눈과 함박눈 따위가 있는데 싸락눈을 핵으로 하여 그 주위에 얼음층이 싸여진 상태를 우박이라고 한다.

그러나 이러한 풀이로는 도저히 눈이라는 것에 대해 어떤 감정을 느낄 수가 없다. 따라서 이러한 풀이에 대입하여 인간이라는 것을 풀이하려고 든다면 그 또한 그야말로 삭막하기 짝이 없을 것이다.

인간이면 다 인간이냐 인간다운 인간이어야 인간일 거라는 말도 있지만, 사실 우리가 인간다운 인간이 되기란 그리 쉬운 노릇이 아니다.

인류는 어떤 의미에서 보면 오직 인간다운 인간을 만든다는 목적 하나로 교육기관을 설치하고 끊임없이 노력하고 끊임없이 스스로를 개선하면서 그 명맥을 유지해 왔는지도 모른다.

그러나 오늘날 인류를 보라. 정말로 인간다운 인간으로 발전하고 성장해 왔다는 생각이 드는가. 혹시 더 비인간적인 인간으로 퇴보하고 몰락해 간다는 생각은 들지 않는가.

아직도 전쟁이라는 단어는 그대로 남아 있고 아직도 죄악이라는 단어는 그대로 남아 있고 아직도 증오라는 단어는 그대로 남아 있다.

물이 오염되고 땅이 오염되고 하늘이 오염되고 인간의 가슴까지 오염되어 있다.

인간은 전쟁의 불안을 막기 위해서 핵폭탄을 만든 대신 전쟁의 불안에다 핵폭탄에 대한 불안을 결과적으로 하나 더 추가시켜 놓았고 생활의 편리를 도모하기 위해 각종 화학물질과 교통장비들을 만들어놓고 육신과 정신이 함께 병들어버리는 바보짓을 저질러놓았다.

누구의 잘못인가.

그러나 그런 것을 따질 필요는 없다. 다만 지금부터라도 우리는 다시 시작하지 않으면 안 된다는 각성부터 서둘러야 할 것이다.

나는 오늘날 우리나라 일부 고등학생들을 보면 애처로

움부터 앞선다. 도대체 그 무슨 엄청난 꿈이 있어 저토록 무거운 가방을 들고 학교를 다니는 것일까. 밤늦게까지 입술이 허옇게 부르트도록 공부를 해서 좋은 대학을 가고 그 다음 좋은 직장에 취직한다는 것이 공부하는 목적의 전부는 아닐 것이다. 그런데도 마치 그것이 공부하는 목적의 전부인 것처럼 착각될 때가 한두 번이 아니다.

이제 우리는 좀 더 정서적인 측면으로 시선을 돌려야 할 때가 왔다.

눈이 내리는 것을 바라보면서 기온이 영하일 때 대기권 상층에서 어쩌고저쩌고 하는 식의 무감동한 풀이 따위를 떠올리는 컴퓨터형 인간이 아직까지는 없을 것이지만 언젠가는 반드시 그러한 인간이 나타나게 될는지도 모른다. 인간은 과학이 발달했다는 자만과 공지를 느끼기 이전에 정

서가 메말라가고 있다는 사실에 우려부터 느끼지 않으면
아니되는 것이다.

　이제는 겨울.

　우리는 눈이 내리면 우선 가슴부터 열어놓고 볼 일이다.
그리고 그 가슴 가득히에 순백의 눈을 받아놓고 볼 일이다.

　그다음에는 그 눈 위에다 스스로의 아픔을 고백하고 스
스로의 어둠을 고백하고 스스로의 그리움을 고백하고 스
스로의 눈물을 고백하고 볼 일이다. 더러는 그것을 종이에
다 옮겨도 볼 일이며 옮긴 다음에는 멀리서 또 가까이서
사랑으로 움트는 어느 그리운 이름들에게도 보내어볼 일이
다. 그러나 무엇보다도 우리는 우선 그 순백의 눈처럼 순결
하고 아름다운 몸과 마음부터 가지고 볼 일이다.

　겨울에는 비발디를 사랑하는 귀를 틔우고 클림트를 사

랑하는 눈을 적시고 모든 시를 사랑하는 가슴을 밝힐 일
이다. 진실로 인간다운 인간이 되기 위해 우선은 모든 사물
과 함께 인간과 인간끼리 마음부터 통해야 하는 것이니 그
마음이 메마르지 않으려고 노력하고 볼 일이다.

　끝으로 덧붙이는 말 한마디는 눈이 내리는 날은 절대로
돈에 대한 생각 같은 것도 하지 않고 볼 일이다.

13

춘천으로 와보시기 바랍니다. 외롭고 괴로운 자 있거든 춘천으로 와보시기 바랍니다. 춘천은 현인과 은자 들을 만날 수 있는 도시. 그들은 인간이 어디서 왔으며 어디로 가는 것인지 모두 다 알고 있습니다. 그러나 그대가 비정하고 이기주의적이며, 낡은 관습이나 도덕이나 제도를 중시하고, 돈과 명예와 권력 따위에 연연해 있는 사람이라면 춘천에 오실 필요가 없겠지요. 그대가 이 도시에 와서 하는 일이라곤 겨우 막국수를 곱빼기로 사먹는 일 한 가지밖에는 없을 것입니다. 그대는 아무래도 이 도시에는 어울리지 않습니다. 이 도시는 생각보다 한결 신비로우며 생각보다 한결 낭만적입니다.

춘천에는 몇 사람의 기인들이 살고 있습니다.

만약 누구든 춘천에 와서 안개 깊은 밤 목로주점에서 자

주 술을 마셔보시지요. 한 번쯤은 괴상한 노인네 하나를 만나게 될 것입니다. 키가 작고 깡마르며 남루한 차림의 노인네입니다. 등에는 자기보다 한결 부피가 커보이는 넝마 광주리를 지고 있습니다. 그 속을 들여다보면 넝마 대신 하얀 종이학들이 가득 담겨 있는데 그 노인네는 그것을 팔러 다니는 것입니다. 그 종이학은 매우 정교하게 접혀져 있습니다. 크기도 다양합니다. 그러나 아무에게나 그 종이학을 팔지는 않습니다. 그리고 사는 사람이 그 종이학을 고를 자격도 없습니다. 그 노인네가 주는 대로 받아야 하고 부르는 대로 값을 지불해야 합니다. 물론 깎을 수도 없지요. 하지만 반드시 돈을 받아내는 것도 아닙니다. 어떤 사람에게는 그냥도 줍니다. 술 한 잔과 바꿔 마시는 적도 있습니다. 그 노인네가 선택한 상대에 한해서만 그렇게 합니다. 그 노인네는 종이학을 주면서 내일은 보고 싶은 사람을 만날 수 있을 게야, 라는 따위의 말 한 마디를 던지고 떠나는데 반드시 그 예언은 적중합니다.

또 만약 누구든 춘천에 와서 햇빛 좋은 날 여러 군데의 은행을 한번 찾아다녀보시지요. 그러면 거기 어느 은행을 오르는 몇 개의 계단 중턱쯤에서 더러는 하루 종일 아무것도 먹지 않고 그저 먼 하늘만 바라보고 있거나 또 더러는 웃통을 벌거벗은 채 평화롭고 태연자약한 표정으로 이를 잡고 있는 오십 대의 사내 하나를 만나게 되는지도 모릅니다. 갈비뼈가 앙상하게 드러나 있고 머리카락이 온통 헝클어져 있으며 얼굴에는 땟국이 얼룩져 있습니다. 그러나 자세히 보면 유난히 눈이 맑습니다. 분명히 미친 사람이 아닙니다. 그는 이를 잡아서 죽이지 않고 작은 성냥곽 같은 것 속에 모아둡니다. 나중에 어떻게 하려는 것일까요. 그도 역시 예언자적인 데가 있는 사람으로서 무언가 특별한 비술을 간직하고 있다는 소문인데 항간에는 중국 무예의 초고수라는 얘기도 나돌고 있습니다. 하여튼 춘천에는 그와 비슷한 부류의 사람들이 적지 않게 눈에 띄는데 어느 정도만 녹슬지 않은 마음으로 그들에게 관심을 가져보아도 그들이 결코 범상한 사람들이 아닐 거라는 짐작을 가질 수 있습니다.

제가 갑자기 자살하고 싶은 충동에 사로잡히기 시작한 것은 바로 지난겨울부터였습니다.

한 사람이 자살하고 나서 남아 있는 사람들이 그의 자살 이유를 캐내어 곰곰히 생각해 보면 대개가 별로 대수롭지 않은 일 때문에 자살한 것 같다는 판단을 내리게 되기 쉽습니다. 그 이유가 하찮아서 자살자에 대한 혐오감까지

느낄 때도 있습니다. 그 어떤 경우의 자살이라고 하더라도 살길이 충분히 있을 것으로 판단되기 때문이겠지요. 하지만 그것은 잘못된 판단이 아닐는지요. 살길이 있다는 것은 타인의 객관적 견해이지 당사자의 주관적 견해는 아닙니다. 그것이 바로 맹점입니다. 자살자의 경우에는 생전에 타인들이 말하는 그 살길이라는 것조차도 더 이상 걸어봐야 죽을 길로 가는 것에 불과하다는 생각이 들기 때문입니다. 하여튼 조금이라도 더 살아본다는 것은 조금이라도 더 고통스러워진다는 의미밖에는 안 됩니다. 오직 구원은 자살하는 것일 뿐인 것입니다.

저는 겨우내 짙은 염세주의에 빠져 있었습니다. 겨울 방학 동안 단 한 번도 집에 내려가지 않았습니다. 그대로 춘천에만 머물러 있었습니다.

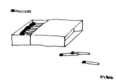

지난겨울 춘천에는 유난히 많은 눈이 내렸습니다. 어른들은 말했지요. 단기 사천이백 몇 년도엔가는 하도 엄청난 눈이 내려서 산간지방에서는 아침에 문이 열리지 않았었다고, 처마 밑에까지 눈이 쌓여서 터널을 뚫고 다녔었다고, 아마 올해도 그만큼은 내릴 거라고.

깊은 밤 선잠에서 깨어나면 연탄불이 꺼졌는지 온 방 안은 냉동실처럼 써늘하고, 몇 시나 되었을까, 언제나 밤늦게까지 틀어놓던 옆집 라디오 소리도 끊어진 지 오래인데, 탁상시계를 보면 네가 태엽을 언제 감아줬느냐는 듯 절망한 채 멎어 있고, 겨울 생선이라도 실러 가는 것인지 철걱거리며 화물트럭 한 대가 석사동을 빠져나가는 소리. 그 뒤로는 줄곧 적막하고 가슴만 자꾸 허전해 왔습니다. 더 이상잠이 오지 않을 것 같아 형광등을 켜놓고 뇌가 하얗게 비어나간 상태로 방 안을 한참 동안 서성거리면 문득 살갗 전체로 휩싸여오는 예감, 밖에는 눈이 내리고 있구나……
창을 열면 아니나 다를까 희끗희끗 눈발이 날리곤 했지요.
그러면 저는 또 불현듯 자살하고 싶다는 강한 충동에 휘말려 들었습니다.

14

몇 번의 눈이 내렸지요. 이즈음 몽환의 도시 춘천은 자주 짙은 안개가 출몰했습니다. 새벽이면 삼사 미터 전방도 제대로 보이지가 않습니다. 무슨 사차원의 세계처럼 도시는 흔적도 없이 사라져버리고 외출했던 사람들은 미아가 되어 길을 잃은 채 몇 시간이고 방황해야 하는 일이 생깁니다. 요선동을 향해 걸어갔는데 갑자기 효자동이 나타나기도 하고 무작정 길만 따라 걷다가 느닷없이 막다른 골목에 갇히는 수도 있습니다. 춘천의 안개는 계절을 타지 않습니다. 수시로 출몰해서 거리를 점령하고 교통을 마비시키거나 신경통 환자들을 괴롭힙니다.

15

춘천시 명동 뒷골목으로 가면 복천회집이라는 곳이 있습니다. 언젠가 우리 과 교수님께서 몇 명의 학생들에게 그 집에서 회와 맥주를 사주신 적이 있었습니다. 물론 저도 끼여 있었죠. 그때 안주로 모듬회 한 접시가 나왔는데 맛이기가 막혔어요. 맨날 깡소주에 김치 쪼가리만 먹다가 생전처음 맥주에 생선회를 먹으니까 이건 정말로 목구멍에서 광채가 나는 것 같은 기분이었습니다. 그 뒤로는 다른 데서 술을 마실 때면 으레 그놈의 생선회가 생각나서 미치고 환장하겠더군요. 하지만 돈이 있어야지요. 역시 소주에 김치 쪼가리가 제 평생의 변함없는 메뉴라고 생각하며 체념하는 수밖에 없었습니다.

그런데 어느 날 명동의 한 술집에서 역시 소주에 김치 쪼가리로 후배와 술을 마시다가 마침 그놈의 김치 쪼가리

마저도 떨어져버려서 한 접시만 더 달라고 주인 아주머니에게 부탁을 했었던 적이 있어요. 깨끗이 거절당했습니다. 소주 한 병 놓고 웬 놈의 김치는 그렇게 많이 먹느냐는 거였어요. 세 번째였거든요. 제발 나가주었으면 하는 눈초리를 오래전부터 던져왔었는데 주제넘게도 김치라니, 말도 안 되는 소리 하지도 말라는 식의 표정이었죠.

네? 그럴 때는 김치가 너무너무 맛이 있어서 그런다고 말하는 거라고요? 음식 솜씨를 칭찬해 주면 싫어할 여자가 어디 있겠느냐고요? 천만의 말씀, 그 집 김치가 너무너무 맛이 있다뇨. 그건 김치가 아니라 숫제 소금 그 자체였어요. 하지만 다른 안주를 시킬 돈이 없으니까 하는 수 없이 먹었던 겁니다. 그렇다고는 하더라도 소주 한 병을 갖다 놓고 이런 얘기 저런 얘기 나누다 보면 술은 아까워서 빨리 비울 수 없고, 만만한 게 김치라, 입과 손이 심심하면 저절로 김치가 담긴 접시 쪽으로 자주 젓가락이 움직여지기 마련입니다. 몇 번 더 사정을 했죠. 하지만 결과는 마찬가지였습니다. 갑자기 수치심을 느꼈습니다. 하지만 이 시대의 돈 없는 대학생이 모처럼 외출해서 술을 마시다가 그 술이 다 끝나버린 뒤에 갈 데라곤 자취방밖에는 없습니다. 삭막한 일이죠. 남아 있는 술을 들고 밖으로 나갈 수도 없는 형편이라 나는 하는 수 없이 그럼 외상으로라도 안주 한 접시를 주시겠느냐고 물었어요. 차라리 뻔뻔스러워지려면 노골적으로 뻔뻔스러워지자는 심산이었습니다. 물론 눈총만 받았습니다.

저는 비참하다 못해 은근히 부아가 치밀어오르기 시작했습니다. 나그네가 오면 두말 않고 공짜밥에 공짜잠 재워

주던 이 나라의 인심은 다 어디로 출장을 가고 이렇게 돈독들만 올라 있는가 싶었습니다. 그때 다시금 그 복천회집의 나긋나긋한 생선회가 떠올랐습니다. 주인 아저씨와 아주머니가 유난히 친절하고 후덕해 보이던 점을 생각하며 용기를 내어 나는 메모를 하기 시작했죠. 다른 데서 소주를 마시다가 그 집의 회 맛을 잊을 수가 없어 부탁드리오니 외상으로 회 좀 주실 수 없으시겠느냐는, 언젠가 돈이 생기면 반드시 갚겠다는, 부끄러워서 본인이 직접 가서 말씀드리지 못하고 후배를 보내오니 양해 바란다는 내용의 메모였습니다.

나는 다 쓰고 김치 한 접시에도 인색해 하던 여자를 향해 그럼 다른 곳에서 안주를 외상으로 갖다 먹어도 상관없겠느냐고 물어보았지요. 그랬더니 그 여자는 우리들의 몰

골을 한번 훑어본 다음 그리기는 아예 싹수가 노랗다는 표정으로 재주가 있으면 한번 그래보라고 하더군요. 저는 죽고 싶은 심정으로 후배에게 사태의 중대성을 설명하고 성공을 빌며 임무를 맡겼습니다. 후배를 보내놓고 초조함을 억누르며 결과를 점쳐보니 도무지 자신이 없었습니다. 아무래도 괜한 짓을 한 것 같았지요. 요새 같은 각박살벌한 시대에 누가 그런 부탁을 들어준단 말입니까.

그런데 한참을 기다린 끝에 나타나는 후배의 얼굴을 보니 대번에 됐구나 하는 생각이 들더군요. 빙긋빙긋 만면에 웃음을 띠며 들어서는데 한 손에 신문지로 싼 도시락 뭉치가 들려 있었습니다.

그때의 감격, 뭐라고 표현하기가 힘이 듭니다. 풀어보니 도시락 속에는 싱싱한 야채, 고추장과 양념 따위도 함께

316

동봉되어 있었습니다. 우리는 김치 한 접시에도 인색하던 그 집 주인 여자가 우리에게 던지는 지상 최대의 강렬한 혐오와 멸시의 눈초리를 묵살하고 뿌듯한 가슴으로 남은 소주를 비워나갔습니다. 얼마나 감동적인 얘기입니까.

그렇습니다. 아직도 춘천은 인정이라는 것이 메마르지 않은 도시입니다. 유난히 장님이나 거지나 불구자 같은 사람들이 많이 모이는 것만 봐도 대번에 그것을 알 수 있습니다. 짐승들도 먹이가 없는 척박한 땅에서는 더 이상 보금자리를 틀지 않고 다른 곳으로 떠납니다. 춘천에 구걸하는 사람이 다른 도시보다 많이 눈에 띄는 이유는 춘천에 먹을 것이 없어서가 아니라 춘천에 인심이 남아돌아가기 때문입니다. 자연과 인간을 모두 상실하지 않은 채로 깨끗하게 남아 있는 도시는 이제 춘천밖에 없습니다.

16

겨울에 헤어진 이여.

나는 그대를 아주 오래전에 잊어버리고 말았습니다. 그대의 얼굴도 잊어버리고 그대의 목소리도 잊어버리고 그대의 이름조차도 잊어버리고 말았습니다.

그러나 겨울만은 아직도 잊어버리지 않았습니다. 그리고 그대와 헤어졌기 때문에 아직도 내 가슴이 쓰라린 것이 아니라 겨울만은 잊어버리지 않았기 때문에 아직도 내 가슴이 쓰라리다는 사실을 나는 압니다.

내게 있어서의 겨울은, 늦가을 어느 날 전혀 생각지도 않은 시간에 전혀 생각지도 않은 장소에서, 예감으로 먼저 다가섭니다. 머지않아 겨울이 오리라는 예감, 나는 그 예감을 느끼는 순간부터 겨울의 기억 속에 파묻히기 시작합니다. 그러므로 나의 겨울은 다른 사람들의 겨울보다는 약간 더

길다는 표현이 옳을 것입니다,

나는 그 기나긴 겨울 동안 아무 생각도 하지 않으려고 노력합니다. 특히 그대에 관한 일이라면 최대한 생각지 않으려고 생각합니다. 그대에 관한 일들을 생각한다는 것은 내게 있어서는 가혹한 형벌이나 다름이 없기 때문입니다.

내 기억의 수첩에서 그대의 얼굴을 지워버리고 그대의 목소리를 지워버리고 그대의 이름마저 지워버리기 전까지는 나도 날마다 고통 속에서 살았었습니다.

그러나 이제는 아무렇지도 않습니다. 아무렇지도 않은 마음으로 춘천의 겨울을 그저 방황해 볼 뿐입니다.

눈 내리는 날 공지천으로 나가보면 호수는 검푸르게 죽어 있습니다. 물 위에 떠 있는 수상가옥들은 모두가 굳게 문을 닫아걸고 있으며 그것은 교통이 두절된 먼 북구의 겨울 어느 작은 마을의 통나무집을 연상시키고 있습니다.

온 천지에 가득히 눈만 내리고, 사람들의 발길은 끊어진 지 오래인데 그래도 수상가옥들의 처마 밑에는 맥주, 소주, 쏘가리, 매운탕, 잉어회 따위의 표렴들이 장대 끝에 매달린 채 옆으로 기울어져 눈을 맞고 있습니다. 그것들은 퇴락한 붉은색 천으로 만들어진 것이어서 어찌 보면 마치 패잔한 병사들의 임시 막사에 기대어져 있는 중대기처럼 을씨년스러워 보입니다. 그리고 호수 연변에 즐비하게 끌려 나와 있는 보트들은 보트들대로 마치 총 맞아 죽은 병사들의 시체가 눈 속에 파묻혀 있는 듯한 착각을 불러일으키기도 합니다.

사방은 쥐죽은 듯 고요하지요. 모든 것이 끝나버린 것 같습니다. 종말의 마지막 정리만 남아 있는 것 같습니다.

이 세상의 모든 추악함과 어두움을 희디흰 눈송이로 덮는 일, 오직 그것만이 남아 있는 것 같습니다.

호수를 왼편으로 바라보며 둑길을 한참 동안 걸으면 기나긴 다리가 하나, 그것을 건너 다시 아스팔트길을 한참 동안 걸으면 우두 벌판, 거기는 아무것도 없습니다. 태초처럼 적막합니다. 새 한 마리도 날지 않고 나무 한 그루도 서 있지 않습니다. 다만 외로운 하루, 종일 함박눈만 쏟아지고 있습니다.

저는 겨우내 그런 곳들을 홀로 방황하지요. 아무 일도 손에 잡히지 않습니다.

저는 비로소 자신이 더없이 외로운 존재라는 사실을 깨달아가고 있는 것입니다.

아, 그래서 나는 어쩔 수 없이 지금처럼 이렇게 편지를 쓰게 됩니다. 이미 그대의 얼굴, 그대의 목소리, 그대의 이름조차 잊어버렸노라고 말하면서도 기어코는 또 다시 모든 기억들을 되살리게 되고 언제나 편지의 마지막 줄에다 써넣듯이 보고 싶다는 한마디를 써넣게 됩니다.

그러나 나는 이 편지가 내일 아침이면 결국 한 줌의 재가 되고 말리라는 사실까지도 이제는 익히 잘 알고 있습니다.

그대여.

아직 나는 그대의 그 무엇도 잊어버린 것이 없습니다.

17

여기 안개는 여전하고 내 옛날의 기억도 여전합니다.

오늘 도착해서 간단한 짐을 풀었습니다. 호수가 보이는 여인숙입니다. 지금 도시는 안개 속에 흐리게 지워져 있습니다. 몽환의 도시입니다. 안개는 지금 내가 살아 있는 동안에 체험했던 나의 술, 나의 방황, 나의 어둠, 나의 모든 빌어먹을 것들을 서서히 가려 나가고 있습니다.

여기는 나 살던 곳이므로 친구도 있고 낯익은 물, 낯익은 길도 있습니다. 그러나 그것들은 역겨운 내 일상 중에서 잠시만의 위안이 될 뿐, 언제나 곁에 있어주지는 않을 것입니다.

그러나 시인이여, 당신은 철저하게 고독해야만 시를 쓸 수 있습니다. 될 수 있는 한 자학하며 사십시오. 그러나 굶거나 몸에 상처를 입히지는 마십시오. 부디 시 속에서만,

시 속에서만 우십시오. 밤에는 깊은 잠을, 낮에는 젊은 시를. 그리고 안녕.

18

여기는 화천군 상서면 다목리. 현재 기온 영하 8도. 이불 뒤집어쓰고 동면 들어가고 싶은 날씨입니다. 우리 사는 세상, 얼마나 찬란한 봄을 가져다주려고 이러시는 것일까요. 내일이면 꽃샘추위도 물러간다니, 기대 한번 크게 걸어 봅시다.

19

한때는 웰빙이 유행했지요. 웰빙은 육체적·정신적 건강의 조화를 통해 행복하고 아름다운 삶을 추구하는 삶의 유형, 또는 문화를 통틀어 일컫는 개념입니다. 지금은 힐링이 유행입니다. 힐링은 치유를 뜻하는 단어지요. 한마디로 세상은 병들어 있는 겁니다.

20

빗소리를 듣고 있습니다. 망각의 봉인이 해제되고 잊혀진 이름들이 되살아납니다. 젊은날의 상처는 빗소리를 들으면 재발합니다. 그대를 버리고 떠나신 첫사랑, 정말 십 리도 못 가서 발병이 났을까요. 지금은 화천군 상서면 다목리에도 산벚꽃이 한창입니다.

21

기꺼이 자신을 낮추기를 꺼리는 자라면 자신이 커지기를 바라기는 하지만 커지는 데 필요한 덕목들은 하찮게 여기는 자일 가능성이 높습니다. 온 세상 실개천이 모두 낮은 곳으로만 흐르는 이유는 마침내 만 생명을 품어 기르는 바다에 다다르기 위해서입니다.

22

화천에도 하늘이 있고 화천에도 동쪽이 있으며 화천에도 아침이 밝아옵니다. 오늘도 열심히 살겠습니다. 그대여 부디 강녕하소서.

23

많은 것들이 실종되었습니다. 양심이 실종되었고 도덕이 실종되었고 역사가 실종되었고 인간이 실종되었습니다. 우리는 그저 방관하고 있었습니다. 오로지 물질적 풍요만을 갈망하며 살아오는 동안 안녕하십니까, 세상은 어느새 감성의 황무지로 변하고 말았습니다.

24

때리는 시어머니보다 말리는 시누이가 더 밉다는 속담이 있지요. 겉으로는 위해 주는 척하면서 속으로는 해를 끼친다는 의미가 내포된 속담입니다. 겉 희고 속 검은 백로들이 무리지어 활개를 치는 세상. 화천강에 발을 씻고 조용히 글이나 쓰면서 살겠습니다.

25

이 세상을 살아가는 동안에 아무 위안이 없다고는 말하지 않겠습니다. 아무 희망이 없다고는 말하지 않겠습니다. 그래도 불의에는 화를 내고 정의에는 박수를 치겠습니다. 당신들만 살아가야 할 세상이 아니라 우리도 살아가야 할 세상이기 때문입니다.

이 책은 『말더듬이의 겨울수첩』(동문선, 1985)에 이외수 작가가 새로 집필한 원고를 더해 재편집한 개정증보판입니다.

나는 결코 세상에 순종할 수 없다

초판 1쇄 2015년 5월 20일

지은이 | 이외수
펴낸이 | 송영석

편집장 | 이진숙 · 이혜진
기획편집 | 박신애 · 박은영 · 임지선
디자인 | 박윤정 · 김현철
마케팅 | 이종우 · 허성권 · 김유종 · 한승민
관리 | 송우석 · 황규성 · 전지연 · 황지현

펴낸곳 | (株)해냄출판사
등록번호 | 제10-229호
등록일자 | 1988년 5월 11일(설립일자 | 1983년 6월 24일)

121-893 서울시 마포구 잔다리로 30 해냄빌딩 5·6층
대표전화 | 326-1600 **팩스** | 326-1624
홈페이지 | www.hainaim.com

ISBN 978-89-6574-482-5

이 도서의 국립중앙도서관 출판예정도서목록(CIP)은 서지정보유통지원시스템 홈페이지 (http://seoji.nl.go.kr)와 국가자료공동목록시스템(http://www.nl.go.kr/kolisnet)에서 이용하실 수 있습니다.(CIP제어번호: CIP2015010927)

영혼에 찬란한 울림을 던지는 이외수의 시와 에세이

쓰러질 때마다 일어서면 그만,

진정한 적은 언제나 내 안에 있다
자유의 연금술사 이외수의 인생 탐험

이외수의 사랑법
사랑외전

사람, 사랑, 인연, 시련, 교육, 정치, 가족, 종교, 꿈을 아우른
'사랑에 관한 이외수 경전'

이외수의 인생 정면 대결법
절대강자

지금 살아 있다는 사실만으로도 그대는 절대강자다
오천 년 유물과 함께 발견하는 인생의 지침

이외수의 감성산책
코끼리에게 날개 달아주기

삶을 사랑하는 사람은 마침내 모두 별이 된다
흔들리는 젊음에게 보내는 감성치유서

이외수의 비상법
아불류 시불류

그대가 그대 시간의 주인이다
물처럼 자연스럽게 자신을 찾아가는 철학적 성찰

이외수의 소생법
청춘불패

그대가 그대 인생의 주인이다
영혼의 연금술사 이외수의 처방전

이외수의 생존법
하악하악

팍팍한 인생 하악하악, 팔팔하게 살아보세
이외수가 탄생시킨 희망의 언어들

이외수의 소통법
여자도 여자를 모른다

사랑을 잃고 불안에 힘들어 하는
이 시대에 보내는 이외수의 감성예찬